孩子愛讀的漫畫中國經典

三字經・弟子規

幼獅文化　編繪

園丁文化

前言

看漫畫、讀故事、品經典
妙趣橫生的閱讀之旅

泱泱大中華，悠悠五千年。在漫長的歷史長河中，我們的祖先積累了豐富的知識和智慧，形成了源遠流長的中華傳統文化。

中華傳統文化包羅萬象，就像一座瑰麗的寶庫，而一個個耳熟能詳的中國經典故事，如嫦娥奔月、梁山伯與祝英台、孔融讓梨、花木蘭代父從軍、劉備三顧茅廬……就是這座寶庫中的一顆顆璀璨的明珠。

中國經典故事滋養了一代又一代的中華兒女，孩子們應該讀一讀這些經典故事，從小接觸優秀中華傳統文化，學習豐富的文史知識，學會明辨是非、通達事理，體會中華民族勤勞勇敢、自強不息的民族精神，在潛移默化中獲得成長的力量。

為此，我們根據孩子喜歡讀故事，也喜歡看漫畫的特點，編繪了這套《孩子愛讀的漫畫中國經典》叢書。我們首先精選出一批妙趣橫生又適合孩子閱讀的中國經典故事，如優美動人的神話故事、曲折離奇的民間故事、精彩有趣的古詩詞故事、啟人心智的《三字經》和《弟子規》故事等，再將它們改編成中國傳統連環圖的形式，配上簡潔流暢、親切有趣的文字和造型生動、表情可愛的漫畫人物，使其既富有中國韻味，又貼合孩子的閱讀特點，讓遙遠的經典故事變得可親、可讀、可感、可賞，帶領孩子展開一次奇妙的閱讀之旅。

　　與經典同行，和漫畫共舞，讓傳統文化的魅力歷久彌新。希望本叢書能帶給孩子們全新的閱讀體驗，願他們在妙趣橫生的閱讀中與傳統文化碰撞出智慧的火花。

*給家長的話：本系列的故事已流傳千年以上，故事情節還原當時的社會風俗習慣，與現今社會情況有一定差距。如有需要，家長可陪同孩子閱讀。

目錄

三字經

弟子規

三字經・弟子規

《三字經》

　　《三字經》是中國古代優秀的兒童啟蒙讀物，其內容涵蓋了眾多傳統文化知識，可謂包羅萬象。書中內容三字一句，兩句一韻，朗朗上口，不僅適合孩子朗誦，還能讓孩子學到許多知識和道理。

人之初①，性本善。

性相近，習②相遠。

苟③不教，性乃遷④。

教之道，貴以專⑤。

注釋

①初：指人剛出生的時候。
②習：習性。
③苟（粵音九）：如果。
④遷（粵音千）：改變。
⑤專：專心致志。

唐伯虎學畫

唐伯虎驕傲自滿，學畫畫想半途而廢，於是師父想了一個妙招來阻止他。

1 明代書畫家唐伯虎從小就很有畫畫的天賦，在當地小有名氣，很多富豪都邀請他為自己畫像。

2 唐伯虎的母親看到兒子受到追捧，並不感到高興，反而憂心忡忡，擔心他驕傲自滿、止步不前。

3 為了讓唐伯虎在繪畫領域取得更大的成就，母親便讓他拜一個叫沈周的大畫家為師，學習繪畫。

4 一開始唐伯虎還算認真，進步也很快。但時間一久，他便沒了耐心，而且開始自滿起來，覺得師父的畫也不過如此。

5 這一天，他下定決心回家，便向師父辭行。師父沒有挽留他，只說要準備一桌好菜為他送行。

6 師父讓僕人將飯菜擺放在一間屋子裏，然後又命他去請唐伯虎入席。

7 唐伯虎應邀前來，但屋子裏空無一人。由於平時這間屋子都是緊鎖着的，唐伯虎覺得好奇，便四處打量了起來。

8 他發現屋子的另一道門通向一座後花園。遠遠望去，只見花園裏鳥語花香、草長鶯飛，景色迷人極了。

9 唐伯虎想走進後花園好好參觀一番。沒想到，他一邁腿就咚的一聲，額頭被撞起了一個大包。

10 原來，那並不是後花園，而是師父在牆上畫的一幅畫。唐伯虎撫摸着牆壁上的畫，既驚喜，又感慨。

11 就在這時，師父進來了。他催促唐伯虎：「我的好徒弟啊，趕緊吃飯吧，不要耽誤趕路了。」

12 唐伯虎面紅耳赤地跪在地上，說：「師父，您留我在這裏多學幾年吧！我的功夫還沒學到家呢！」師父答應了。

13 從此唐伯虎一心一意地跟着師父學畫，再也不敢說想回家。就這樣日復一日，唐伯虎的畫技逐漸變得爐火純青。

14 一天，唐伯虎為了報答師父，親自下廚做了一桌飯菜。他們一邊喝酒，一邊談論着畫畫的各種技巧。

15 飯菜的香味引來了饞嘴（饞，粵音慚）的小貓。牠在桌底下走來走去，一直喵喵地叫個不停。

16 忽然，牠縱身一躍，跳到了飯桌上，然後叼起一條紅燒魚，轉身就跑。

17 唐伯虎氣得跟在牠身後追。小貓奪路而逃，想從一扇打開的窗戶跳出去。

18 喵——只聽牠慘叫一聲，摔了下來。原來那不是窗戶，而是唐伯虎畫在牆上的畫。師徒二人見了，忍不住捧腹大笑。

19 「你的畫作也達到了以假亂真的境界。你已經學成了。吃完這頓飯，你就回家去吧！」師父拍着唐伯虎的肩膀説。

20 於是，吃完飯後，唐伯虎就依依不捨地拜別師父，回家去了。

21 從此以後，唐伯虎憑藉着高超的畫技，名滿天下。人們把他與同時代的畫家沈周、文徵明、仇英並稱為「明四家」。

昔①孟母，擇鄰處②。

子不學，斷機杼③。

竇④燕山，有義方⑤。

教五子，名俱⑥揚。

注釋

①昔：過去。

②處：居住。

③杼（粵音柱）：織布機上的梭子。

④竇（粵音逗）燕山：五代後晉人。

⑤義方：好方法。

⑥俱：全、都。

孟母教子

孟軻（粵音柯）是戰國時期儒家學派的代表人物，他的母親在他的教育上傾注了許多心血。

1 戰國時期，有一個叫孟軻的孩子，他的父親很早就去世了，他的母親靠織布養家，十分辛苦。

2 孟軻與其他小孩一樣，非常調皮、貪玩。孟母為了讓兒子受到良好的教育，耗費了很多心血。

3 起初，他們住在墓地附近，常常看到人們舉行儀式祭拜逝去的親人。孟軻模仿人家跪拜、號哭的樣子，覺得很好玩。

4 孟母看到後，覺得這種環境對孩子成長不利，於是就帶着兒子搬離了這裏。

5 他們搬到了繁華的市集附近。各地的商人來這個市集做生意。孟軻跟周圍的孩子熟悉後，常常一起去市集玩耍。

6 孟軻還和其他孩子一起玩做生意的遊戲。他們學習商販叫賣吆喝，還學屠夫殺豬宰羊，玩得十分高興。

7 孟母看到後，十分擔憂，心想：這個地方也不利於孩子成長。於是，她帶着兒子又一次搬了家。

8 這一次孟母把家搬到了學校附近。那裏書聲朗朗，學習氛圍濃厚。孟軻聽到學校裏傳來的讀書聲，也跟着一起讀。

9 有時，學校還舉行祭祀儀式，從各地來的官員互相行禮，十分莊重。孟軻也有樣學樣，慢慢地變得彬彬有禮了。

10 孟母看到兒子的變化後，很欣慰，決定在這裏長期居住，並把他送到學校去上學。

11 剛開始，孟軻在學校裏學得很認真，可是過了一段時間，新鮮勁兒過去了，他開始變得懶散起來。

12 有一次，孟軻趁先生不注意，偷偷地從學校跑了回家。

13 孟母正忙着織布，見兒子回來了，就問：「學校這麼早就放學了嗎？」孟軻支支吾吾的，答不上來。

14 孟母知道他是因為貪玩而翹課，非常生氣，不過她並沒有直接責罵他，而是拿起剪刀把織布機上快織好的布剪斷了。

15 孟軻怯生生地問母親為什要這樣做。孟母反問：「布要連續織才能織成一匹，現在布斷了，我還能繼續往下織嗎？」

16 孟軻搖頭說：「不能。」孟母說：「學習就跟織布一樣，半途而廢就前功盡棄。」孟軻聽了很後悔並向母親認錯。

17 此後，他發奮學習，終於成為偉大的思想家、教育家，還被大家尊稱為「孟子」。

五子登科

五代時期，有一個叫竇禹鈞的人。由於他的家鄉在中國北方的燕山一帶，後人都稱他為「竇燕山」。

①

竇燕山積德行善，並且嚴格教育五個兒子。後來，他的兒子個個懂事、孝順，還成了國家棟樑。

② 竇燕山富甲一方，卻出了名的吝嗇（粵音論色），還總是想方設法地剝削窮人，附近的老百姓都對他恨之入骨。

③ 竇燕山看起來十分風光，可是他到了三十歲還沒有兒子，眼看萬貫家財後繼無人，不由得整日憂心忡忡。

心術不正

④ 有一晚，竇燕山夢見了死去的父親。父親說：「你心術不正，再不改正，永遠不會有兒子，你的壽命也長不了。」

⑤ 竇燕山嚇出了一身冷汗，醒來後決定聽從父親的規勸，從此改邪歸正，重新做人。

⑥ 他騰出幾十間房屋，設立私塾，還聘請了德高望重的先生來授課。附近唸不起書的孩子都可以去那裏免費讀書。

⑦ 他還經常接濟窮人，誰家沒有米下鍋，他就主動送上糧食；誰家年輕人沒錢結婚，他就出錢幫他們辦婚事。

8 竇燕山自己則過着儉樸的生活，每年的收入，除了留下家庭必需的生活費用外，都用來資助別人。

9 慢慢地，鄉親們都改變了對竇燕山的看法。竇燕山還先後有了五個兒子。

10 雖然家境富裕，但是他並不嬌寵孩子。孩子們覺得父親管得太嚴，就聚在一起，一個接一個地跟父親提意見。

11 竇燕山並沒有訓斥孩子，而是講了自己的故事，告訴他們：如果不知書達禮，就算有金山銀山，也會被人看不起。

12 孩子們記住了父親的話，從此不再攀比吃穿，而是在學習上你追我趕，互相督促。

13 後來，竇燕山的五個兒子先後在科舉考試中取得了好成績，成為國家的棟樑。

14 他們進入朝廷做官後，仍然遵循父親教導的做人原則，為人正直勤勉，因此，從官員到百姓都很敬重他們。

15 由於孩子們個個都懂事、孝順，又有出息，大家都稱讚竇燕山教子有方，竇家也成了當地的名門望族。

養不教，父之過①。

教不嚴，師之惰②。

子③不學，非所宜④。

幼不學，老何為⑤？

注釋

①過：過錯。

②惰：懶惰，這裏指過錯。

③子：指人之子，這裏泛指小孩。

④非所宜：不對、不應該。

⑤為：作為。

神童方仲永

神童方仲永無師自通，五歲就會寫詩作文，他長大後能否成為一個傑出的人物呢？

1　北宋時，金溪有戶人家世代以種田為生。這戶人家有個孩子叫方仲永。仲永長到五歲了，還沒有接受啟蒙教育。

2 有一天，奇怪的事情發生了。仲永早上一起牀，就纏着母親要紙筆墨硯，說是想要寫詩。

3 母親以為仲永在耍性子，就沒有理他。仲永便一直哭鬧不停。他的父親從外面回來後，急忙跑來問他到底怎麼回事。

4 聽了仲永提出的要求，父親感到非常驚訝，但他還是從鄰居家借來了寫字的工具，想看看兒子到底要幹什麼。

5 仲永拿到紙筆墨硯後，馬上破涕為笑。只見他熟練地研墨，鋪紙，然後拿起毛筆蘸上墨汁，在紙上寫下了四句詩。

24

6 仲永的父親看呆了。他拿着兒子寫的詩，去給鄉里的讀書人看。那些讀書人看了仲永的詩之後，都稱讚不已。

7 很快，五歲小孩會作詩的事就傳開了。經常有人來看望仲永，要他當場作詩。仲永總是面無難色，出口成詩。

8 仲永成了神童，縣裏的文化名流和富豪十分欣賞他，常常招他進城，要他當場作詩展露才華。

9 每次仲永作完詩後，那些人都會給仲永的父親一些錢財，作為對仲永的獎勵。

10 仲永的父親覺得這事有利可圖，於是每天帶着他輪流拜訪富貴人家，一有機會就讓他表演作詩。

11 當時有好心人提醒：「孩子天資聰穎，讓他去讀書吧。」仲永的父親拒絕道：「他是神童，何必浪費錢財去讀書？」

12 漸漸地，仲永作詩時感到才思枯竭。等他到了十二三歲，所作的詩已經大不如前，看他作詩的人也越來越少。

13 仲永到了二十多歲時，才華已全部耗盡，跟普通人沒什麼區別了。可惜一個天資聰穎的小孩變成了一個平庸的人。

玉不琢[1]，不成器。

人不學，不知義[2]。

為人子，方[3]少時[4]。

親[5]師友，習[6]禮儀。

注釋

① 琢（粵音啄）：打磨。
② 義：事理。
③ 方：正當。
④ 少時：指年少的時候。
⑤ 親：親近。
⑥ 習：學習。

卞和獻玉

卞和（卞，粵音便）偶然間在荊山得到了一塊玉石，他先後將玉石獻給了三位君主，卻得到了不同的對待。

1 春秋時期，楚國有個採玉的人叫卞和，他對玉石很有研究，常常看石頭一眼，就知道它是不是玉石。

2 一天，卞和在荊山上挖到一塊臉盆那麼大的石頭。它的紋路、光澤都與其他石頭不同，他斷定這一定是塊璞玉。

3 第二天，卞和帶着這塊玉石來到王宮，把它獻給楚厲王，說：「我挖到一塊無價之寶，特意獻給您。」

4 楚厲王讓玉石匠對玉石進行鑒別。玉石匠走上前，草率地看了一下，說：「這就是塊普普通通的石頭。」

5 楚厲王很生氣，認為卞和故意欺騙他，於是下令砍掉他的左腳。

6 後來，楚厲王去世了，楚武王繼位。卞和又瘸着腳（瘸，粵音騎）來到王宮，把那塊玉石獻給了楚武王。

7 楚武王也馬上叫玉石匠來鑒別。玉石匠看過後，還是說：「這是一塊普通的石頭，不是玉石。」

8 楚武王聽了，認為卞和欺騙君王，罪不可恕，於是下令把他的右腳也砍掉。

9 後來，楚武王去世了，楚文王繼位。卞和抱着那塊玉石，在荊山腳下哭了三天三夜，眼睛都哭出血來了。

10 楚文王聽説後，派使者問他為什麼哭得這麼傷心。卞和回答：「我傷心的是大都把寶玉當石頭，把好人當騙子啊。」

11 使者很受觸動，讓卞和帶着石頭和他一起回宮見楚文王。

12 楚文王不再輕信玉石匠的結論，而是讓玉石匠鑿開石頭進行檢驗。石頭被鑿開後，裏面果然是一塊通體晶瑩的寶玉。

13 楚文王重重獎賞了卞和，又命令玉石匠把那塊寶玉雕成玉璧，還用卞和的名字命名，它就是後來聞名天下的和氏璧。

香①九齡，能溫席。

孝於親②，所當執③。

融④四歲，能讓梨。

弟於長⑤，宜先知⑥。

注釋

①香：黃香，東漢人。
②孝於親：孝順父母。
③當執：應當遵守。
④融：孔融，東漢人。
⑤弟於長：弟同「悌」，指尊重兄長。
⑥宜先知：應該早知道。

黃香溫席

為了讓父親能夠好好休息，懂事孝順的小黃香想了許多辦法。

1 東漢時期，有個孩子名叫黃香。他九歲時母親就去世了，留下他和父親相依為命。

2 黃香特別懂事，小小年紀就知道孝順體貼父親，常常主動去砍柴、挑水、洗衣、做飯。

3 夏天的時候，天氣酷熱，孩子們常常在晚飯後去屋外追逐玩耍，可是黃香從來不參與他們的遊戲。

4 黃香忙完家務後，又到父親的房間裏，用大蒲扇扇牀上的竹席和枕頭。因為他想讓勞累一天的父親能睡個好覺。

5 有時候，他還會端來一盆涼水，輕輕地灑在地上，好讓屋子裏的熱氣散得更快些。

6 炎熱的夏天好不容易過去了，可是沒過多久，寒冷的冬天又來了。黃香家的竹席也換成了破舊的被褥。

7 隆冬時，屋子裏冷得就像冰窖一樣，要是碰上下雪的日子就更難捱了，但是黃香仍然有辦法讓父親睡得舒服。

8 每天晚上，黃香都先鑽進父親的被窩裏，用身體把被子捂熱，再請父親去睡，這樣就能讓父親少受寒冷之苦了。

9 就這樣日復一日，年復一年，黃香一直用心地侍奉父親。他的孝行感動了左鄰右舍，他的故事也流傳了下來。

孔融讓梨

父親讓四歲的孔融將梨分給大家吃，可是梨有大有小，該怎麼分呢？

1 孔融是東漢末年著名的文學家。他從小就很聰明，不僅能背誦詩文，還學會了許多禮節。

2 有一天，孔融的父親提了一籃子梨回家，並把家裏的七個孩子都叫了出來，讓他們吃梨。

3 孩子們看着籃子裏黃燦燦的梨，一哄而上，邊爭邊嚷：「這個大的是我先拿到的！」只有孔融站在一旁，沒有爭搶。

4 看到孩子們爭來搶去的，父親有些生氣，呵斥道：「看到吃的就爭最大的、最好的，這成何體統？」

5 孩子們這才不情願地將搶到的梨放回籃子裏。父親轉身對站在一旁的孔融說：「融兒，今天這些梨就由你來分吧。」

6 孔融在籃子裏揀了個最大的梨，遞給父親，說：「父親，請您先嘗嘗。」然後，他又揀了個大梨，送給母親品嘗。

7 接下來，孔融又把大梨、好梨依次分給了五個哥哥和最小的弟弟。

8 最後，籃子裏只剩下一個最小的梨了。孔融拿起那個梨，開心地吃了起來。

9 站在一旁的父親見了，好奇地問他：「融兒，你為什麼把最小的留給自己呢？我沒有這樣要求你啊。」

10 孔融說：「哥哥們比我大，應該吃大的；弟弟比我小，我要照顧他，所以我就拿了一個最小的。」

11 父親聽了，連連點頭稱讚，母親則激動地把孔融摟在懷裏。他的兄弟們拿着分到的梨，都慚愧地低下了頭。

首孝悌①，次見聞②。

知某數③，識某文④。

一而⑤十，十而百，

百而千，千而萬。

注釋

①首孝悌：首先要孝順父母和尊重兄長。

②次見聞：其次是增廣見聞。

③數：數目。

④文：文字，文章。

⑤而：在句子中起連接同類詞或句子的作用。

偏偏姓萬

學習一定要有耐心，堅持不懈，否則就很容易鬧出笑話。

1 從前有一個財主，他雖然家財萬貫，卻目不識丁，家族裏也沒有一個識字的。大家都在背地裏嘲笑他。

2 他決心好好培養兒子，讓兒子成為一個有學識的人。聽說鄰村有位學識淵博的先生，便花重金聘請他教兒子讀書。

3 先生答應了，第二天準時來到了財主家裏。財主已經準備好一間書房，並讓兒子出來拜見先生。

4 第一課，先生教識字。他教財主兒子握筆描紅，寫一橫說「這是『一』字」；寫兩橫，說「這是『二』字」。

5 財主的兒子心想：我還以為識字有多難呢，原來這麼簡單。於是他寫了三橫，不等先生教就說「這是『三』字」。

6 先生聽了，鼓勵他說：「你頭腦真聰明！今天就先學這三個字，你多練習，把它們都描出來。」

7 放學後，財主問兒子學得怎麼樣。兒子說：「識字很簡單，我已經學成了。父親把先生辭退吧，不要花冤枉錢。」

8 財主見兒子這麼聰明，十分高興。第二天一早，他就把先生打發走了。

9 不久，財主打算請一個姓萬的朋友喝酒，一大早就叫兒子給他寫一封請帖。

10 兒子高興地答應下來，回到書房拿出紙墨，就提筆開始寫起來。

11 沒想到快到正午了，兒子還沒把請帖寫好，財主便去書房催他。

12 他推開門一看，見兒子正拿着筆在一張紙上畫橫線，桌子上還放着兩張密密麻麻畫滿了橫線的紙。

13 兒子一見父親就埋怨：「天底下那麼多姓，你朋友為什麼偏偏姓萬？害我寫了半天才寫完五百畫。」財主哭笑不得。

父子恩，夫婦從①。

兄則友，弟則恭②。

長幼序，友與朋。

君③則敬，臣則忠。

此十義④，人所同⑤。

注釋

①從：服從。

②恭：指弟弟對兄長要恭敬。

③君：皇帝。

④十義：父子、夫婦、兄弟、朋友、
　君臣，稱為「五倫」；父慈、
　子孝、夫和、妻順、兄友、
　弟恭、朋信、友義、
　君敬、臣忠是封建社
　會主張的「十義」。

⑤人所同：每人都要
　遵守奉行。

馴馬打公主

馴馬一時衝動打了公主一巴掌。公主哭着進宮告狀去了，這件事會怎麼收場呢？

① 唐朝發生安史之亂時，大將軍郭子儀率領將士衝鋒陷陣，在平息戰亂中發揮了重要作用。

2 郭子儀立了大功，唐代宗向他表示恩寵，不僅獎勵給他大量錢財，還把自己的掌上明珠昇平公主嫁給他的兒子郭曖為妻。

3 婚後，郭曖和昇平公主住進了駙馬府。他們一個儀表堂堂，一個溫柔體貼，又是新婚燕爾，所以感情十分好。

4 然而，和睦的日子沒有持續多久。昇平公主從小被嬌縱慣了，郭曖的性子又直，兩人常常為一些小事而爭吵不休。

5 這一天，郭子儀的七十大壽到了。郭曖叫昇平公主一同去郭府給父親祝壽，昇平公主推託說自己頭痛，讓他獨自去。

6 郭曖責怪昇平公主不懂孝道，於是兩人又吵了起來。吵着吵着，郭曖一生氣，抬手就打了昇平公主一巴掌。

7 昇平公主可是皇帝的掌上明珠，哪裏受過這樣的委屈，便哭哭啼啼地進宮告狀去了。郭曖只好一個人去給父親祝壽。

8 昇平公主來到皇宮，一見到父皇就聲淚俱下地訴說自己在駙馬府挨打的事。唐代宗聽了很心痛，想狠狠懲罰郭曖。

9 可是他轉念一想：郭子儀是朝廷重臣，我不能弄僵了與郭家的關係，再說是女兒無禮在先。於是他就勸她回駙馬府。

10 與此同時，郭子儀見兒子隻身前來祝壽，臉上好像還有些不安的神色，便連忙追問原由。

11 郭曖起先不肯說實話，後來才說他跟公主爭吵，一氣之下打了公主。郭子儀十分驚恐，立刻命人把兒子綁了起來。

12 郭子儀親自把兒子押解上殿。一見到唐代宗，他就連忙跪下，叩頭請罪，心裏惶惶不安。

13 沒想到唐代宗一面讓郭子儀起身，一面命人給郭曖鬆綁，笑着說：「兒女閨房之事，不必計較。」

14 郭子儀見唐代宗如此大度，連忙謝恩。回府後，郭子儀仍然把郭曖痛打了一頓，以示教訓。

15 郭子儀感激唐代宗的恩情，從此對皇帝更加忠誠，其他的將領也跟着他忠心耿耿地為朝廷效命。

16 郭曖和昇平公主也和好如初。昇平公主一心一意地相夫教子，孝敬家翁家姑。在她教育下，他們的兒女都不辱家風。

凡訓①蒙②，須講究。

詳訓詁③，明句讀④。

為學者，必有初。

小學⑤終，至四書⑥。

注釋

①訓：教導。　②蒙：指幼小的孩子。

③訓詁（粵音古）：了解文字的意思。

④句讀：指文章中應停頓斷句的地方。

⑤小學：指宋人朱熹編寫的書《小學》。

⑥四書：指《論語》、《孟子》、
　　《大學》、《中庸》四部書。

財主與教書先生

以前，人們寫文章是不斷句的，閱讀時才加句讀。不懂句讀，就很容易鬧笑話。

1 從前有一個財主，他以養豬、釀酒、做醋為業，生意做得很大，但是為人十分吝嗇，從不願意多花一分錢。

2 財主有一個兒子,已經到了讀書的年紀。財主便請了一名教書先生到家裏來教兒子唸書。

3 教書先生一進門,財主就給了他一份協議,上面寫着他的伙食:「無雞鴨也可無魚肉也可青菜萬萬不可少酒也不可。」

4 教書先生接過一看,點頭同意了。財主暗自高興,心想:他雖然有點兒學問,卻不如我精明,這一年能省下不少銀子呢。原來,古代寫字是不加標點的,財主覺得他寫的是:無雞鴨也可,無魚肉也可,青菜萬萬不可少,酒也不可。

5 於是，財主每天端給教書先生的菜都是青菜、蘿蔔，一日三餐從來見不到半點兒肉。

6 到了年底，教書先生辭工回家。臨走時，他向財主索回一年的伙食費補貼。財主不同意，說要按原先的協議辦理。

7 教書先生拿出協議讀：「無雞，鴨也可；無魚，肉也可；青菜萬萬不可；少酒也不可。」財主聽了，只好補錢。

8 教書先生拿到錢後，靈機一動說：「我免費幫你寫副春聯吧。」財主心想免費得一副對聯也不錯，命人拿來紙筆。

9 教書先生提起筆，邊寫邊唸：「釀酒缸缸好，做醋壇壇酸；養豬頭頭大，老鼠個個瘟。」財主聽了，覺得很吉利。

10 到了大年初一，財主一大早就聽到門外人聲喧嘩。他走出去一看，見自家大門口站滿人，個個指手畫腳，捧腹大笑。

11 財主便拉住一個老頭問怎麼回事。老頭指着對聯唸道：「釀酒，缸缸好做醋，壇壇酸；養豬，頭頭大老鼠，個個瘟。」

12 財主一聽，才知道被聰明的教書先生戲弄了，氣得差點兒昏過去。

曰國風，曰雅[1]頌[2]。

號四詩[3]，當諷[4]詠。

詩既亡，春秋[5]作。

寓褒貶[6]，別善惡。

注釋

①雅：正樂之歌。

②頌：宗廟祭祀之樂。

③四詩：《風》、《大雅》、《小雅》
《頌》合稱為「四詩」。

④諷：誦讀。

⑤春秋：指孔子修訂的一部書《春秋》。

⑥褒貶（粵音煲扁）：批評是非。

碩鼠的故事

《詩經》是我國第一部詩歌總集。《碩鼠》是其中的名篇，主要講述了以下一個故事。

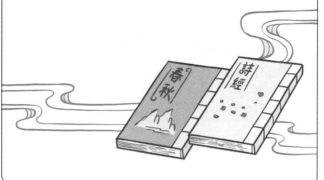

1 古時候，有一隻老鼠偷偷地溜進了一户窮人家裏，牠沒日沒夜地吃，很快就變得越來越胖。

2 過了些日子，這隻大老鼠又召來了一羣同伴。牠們開心地在這戶人家裏住着，不用幹活，卻能吃上美味的食物。

3 老鼠們的日子過得很舒坦，牠們生下了一窩窩的小老鼠，家族越來越龐大。

4 眼看家裏的糧食越來越少，這戶人家只好更賣力地幹活。

5 然而即使他們大獲豐收，糧食也總不夠吃。大人餓得面黃肌瘦的，小孩也時常餓得哇哇大哭。

6 看到家裏的老鼠越發倡狂，老人忍不住朝牠們大吼：「大老鼠啊大老鼠，別再吃我家的糧食了！」

7 老鼠們聽了，吱吱吱地嘲笑他。老人只好歎一口氣，說：「唉，看來這個地方不能住了。」

8 後來，老人帶着家人收拾好僅有的一點兒行李，離開了家鄉，去尋找一片新的土地，希望那裏沒有害人的大老鼠。

9 這就是《碩鼠》的故事。作者用大老鼠比喻剝削者，控訴他們從不勞動卻無情地剝削人民。

昔仲尼①，師項橐②。
古聖賢，尚勤學。
趙中令③，讀魯論。
彼既仕④，學且勤。

注釋

①仲尼：孔子，仲尼是他的字。
②項橐（粵音托）：魯國的神童。
③趙中令：趙普，宋朝的中書令。
④彼既仕：指他已成為高官。

孔子的七歲老師

聖人孔子有着高深的學問，卻謙虛好學。有一次，他甚至拜一個七歲的小孩為師。

1 孔子本名叫孔丘，字仲尼。由於他學問很高，大家都尊稱他為「孔子」。

2 孔子雖然知識淵博，卻一直勤奮好學，只要有不懂的地方，他就會向人虛心請教。

3 有一次，孔子和學生們在周遊列國的路上，碰到了一羣六七歲的小孩。這羣小孩正在路中間用石頭搭建城牆。

4 當孔子一行人駕着馬車越走越近時，其他孩子都躲開了，有一個孩子卻坐在地上沒動。馬車只好停了下來。

5 孔子的學生子路跑上前去，對這個孩子說：「小孩，把這堆石頭推倒，讓我們的馬車過去。」

6 這個孩子名叫項橐，他理直氣壯地說：「這是我們造的城牆。從來只有馬車繞城牆而過，沒見過拆城牆給車讓路的。」

7 孔子在馬車上聽到了項橐的話，對這個孩子很感興趣，就走下馬車，耐心地問：「小孩，你造城牆做什麼呢？」

8 項橐回答道：「如果有敵人入侵，就用它來抵禦敵人的車馬。」孔子聽了，十分驚奇，忍不住想再考考他。

9 於是，孔子提了幾個有趣的問題。沒想到項橐對答如流，而且答案十分巧妙，孔子聽了，不住地點頭稱讚。

10 項橐一時來了興趣，反問道：「鵝和鴨為什麼能浮在水面上？」孔子說：「因為鵝和鴨的腳是方的。」

11 項橐聽了哈哈大笑，說：「錯了！」孔子連忙虛心地向他請教錯在哪裏。

12 項橐像個小老師，有模有樣地說：「魚能游水，可是牠的腳並不是方的。可見你的說法是錯誤的。」

13 孔子覺得這個孩子很不簡單，誇讚道：「你今天也當了一回我的老師呀。」他們就駕車繞開那座「小城」走了。

趙普讀《論語》

趙普中年以後才努力學習，並且憑藉一本兒童都讀得懂的《論語》，輔佐了兩代皇帝。

1 趙普是宋朝的開國功臣，在朝廷擔任中書令。宋太祖非常信任他，大事小事都找他商量。

2 可是隨着國家各項事業的逐步發展，趙普發現自己由於讀書不多，沒有多少學問，經驗越來越不夠用了。

3 有一次趙普等人給宋太祖改年號為「乾德」，後來才發現後蜀用過這年號。趙普很羞愧，宋太祖就勸他多讀書。

4 從此，年過四十的趙普下決心要好好讀書。他白天在朝廷上處理公務，沒有時間學習，就晚上回家發奮苦讀。

5 慢慢地，趙普的學識豐富了起來。到了宋太宗的時候，他已經是一位治國能臣，寫的奏章也是有理有據。

6 宋太宗曾經到趙普的家裏去看過他的書箱，裏面堆滿了各種書籍。《論語》擺在最上面，已經翻得有些破舊了。

7 宋太宗好奇地拿起那本書，說：「聽別人說你最愛看《論語》，看來真是這樣啊。」

8 趙普不敢隱瞞，只好如實回答道：「微臣確實只研讀一部《論語》。」

9 宋太宗不解地問：「《論語》不過是一部兒童都能讀得懂的簡單讀物，還需要反覆研讀嗎？」

10 趙普說：「微臣當時只是認一些字，如今才從中明白了修身、齊家、治國、平天下的道理啊。」

11 趙普又說：「微臣以前用它的一半輔佐太祖平定天下，現在用另一半來輔佐陛下治理天下。」宋太宗聽了哈哈大笑。

披蒲①編　，　削竹簡　。

彼②無書　，　且知勉　。

頭懸③樑　，　錐刺股④。

彼不教　，　自勤苦　。

注釋

①蒲：一種植物，又叫菖蒲。

②彼：他們。

③懸：掛着。

④股：大腿。

編蒲抄書

古時候，有很多窮孩子沒錢買書。為了能看書，他們想了許多自製書本的辦法。

1　西漢時期，有個小孩叫路溫舒。他從小就喜歡讀書，可是家裏很窮，沒有錢送他上學。

2 每天，路溫舒拿着鞭子去替別人放羊，路上遇到其他背着書包上學的孩子時，心裏都十分羨慕。

3 路溫舒的鄰居見他求學心切，便讓他晚上來家裏，免費教他識字。這樣，他認識的字越來越多，能夠自己讀書了。

4 不過，他每天靠放羊討口飯吃，根本沒有錢買書，只好四處借書看。

5 有一次，路溫舒借到一本《尚書》。他越讀越喜歡，心想：借來的書總要還，要是把它抄下來，就可以常常閱讀了。

6 可是那時沒有紙，只能買竹簡或絲綢來抄書，路溫舒哪裏買得起呢？

7 路溫舒想啊想啊，連放羊的時候也在想這個問題。當他走到河邊，看着又寬又長的蒲草時，突然想出了辦法。

8 他拿着鐮刀割了一大捆蒲草。這時，羊羣也吃飽了，他就匆匆地趕着牠們回家了。

9 一回到家，路溫舒就忙着處理蒲草：先將蒲草的葉子切成跟竹簡一樣長，再放在太陽下晾曬。

10 過了幾天，蒲草的葉片晾乾了。路溫舒就開始在這些葉片上一筆一畫地抄起《尚書》來。

11 抄完以後，他又找來線，把寫滿字的蒲草葉片編連起來，這樣一冊「蒲草書」就製作完成了。

12 看着親手做出來的書，路溫舒非常高興。每次放羊時，他都會將書帶在身上，一有空閒就拿出來閱讀。

13 就這樣，路溫舒到處借書來抄寫。他抄寫的蒲草書裝滿了屋子，他的學問越來越高，後來路溫舒受到了朝廷的重用。

14 西漢還有一個愛讀書的青年，名叫公孫弘（粵音宏）。由於家裏貧窮，他只能替財主放豬來養活自己。

15 財主家裏有很多書，公孫弘很想借來閱讀，就鼓起勇氣向他借書。

16 財主很苛刻，他說：「借是可以借，不過如果你把書弄壞了，就要用一年的工錢來賠償。」公孫弘毫不猶豫地答應了。

17 於是，財主把《春秋》借給了他。公孫弘如獲至寶，手不釋卷，每天都利用幹活的空隙抓緊看書。

18 為了擁有一卷屬於自己的書，他想到一個好主意——做竹簡來抄書。他從竹林裏砍來許多毛竹，削成一片片的竹簡。

19 竹簡做好後，公孫弘對照着那卷借來的《春秋》，在竹簡上工工整整地抄寫起來，很快就抄完了。

20 後來，財主被公孫弘刻苦讀書的精神打動了，對他說：「以後只要你好好幹活，我書房裏的書你可以隨便看。」

21 公孫弘高興極了，從此發奮苦讀，博覽羣書，後來成了非常有名的學問家。

懸樑刺股

要想成為一個有學問的人，必須自覺刻苦地學習。孫敬和蘇秦的故事就說明了這個道理。

1 東漢時期，有個叫孫敬的人。他酷愛看書，常常從早上看到晚上，有時甚至通宵達旦地學習。

2 有一次，孫敬在一位藏書家那裏發現了一卷好書。他希望能把那卷書借回家多讀幾天，但藏書家只肯借給他三天。

3 孫敬小心翼翼地抱着書回到家裏，廢寢忘食地讀了起來。讀到深夜，他忍不住打了一會兒瞌睡。

4 醒來以後，他很後悔浪費了時間，可是又不知怎麼克服打瞌睡。當抬頭看到屋頂上的橫樑時，他突然想到一個辦法。

5 孫敬馬上找來繩子，把繩子的一頭繫在橫樑上，另一頭繫在自己的頭髮上。

6 這個方法果然好用。每當他低頭打瞌睡時，頭髮就會被繫在房樑上的繩子扯得生痛，整個人頓時就清醒了。

7 靠着這樣的毅力，孫敬年復一年、日復一日地刻苦學習，最終成了著名的學問家。許多學子都慕名前來，向他求學。

8 戰國時期的蘇秦也是一個嗜書如命的人。他從小學習縱橫之術，學成後去了秦國，想遊說秦惠文王兼併列國。

9 可是他一連給秦惠文王呈交了十次奏章，提出的建議都沒有被採納。這時他的盤纏也用完了，只好離開秦國。

10 蘇秦衣衫襤褸地回到家，鄰居見了嘲笑他：「你不耕田、不經商，反而以搬弄口舌為職業，活該淪落到如此田地。」

11 蘇秦沒有與他爭辯，垂頭喪氣地回家。可回到家裏，妻子不下織機迎接他，父母不跟他說話，嫂子也不給他做飯。

12 蘇秦遭到冷遇，十分沮喪，心想：我真是沒用啊，家人都不把我當親人了。要想出人頭地，唯有更加用功讀書。

13 於是，他開始閉門苦讀，每天讀書至深夜。只要感覺昏昏欲睡，他就拿出錐子刺自己的大腿。

14 有時，他實在太睏了，接連幾次用錐子狠狠地刺向大腿，都把大腿刺出血來了，血流到了地上，他也毫不在乎。

15 經過一年學習，蘇秦掌握了豐富知識。後來他再次出馬，成功說服六國結盟，自己也成了身佩六國相印的「縱約長」。

如囊螢[1]，如映雪。

家雖貧，學不輟[2]。

如負[3]薪[4]，如掛角[5]。

身雖勞，猶苦卓[6]。

注釋

①囊螢：用袋子裝螢火蟲。

②輟（粵音拙）：停止。

③負：背。

④薪：柴草。

⑤掛角：把書本掛在牛角上。

⑥猶苦卓：仍然艱辛地努力。

囊螢映雪

有很多熱愛學習的人，無論環境多麼艱苦，他們也要創造條件不斷學習。

1 車胤（粵音刃）是東晉人，他從小勤奮好學，但是家裏十分貧困。他白天要幹活，沒時間讀書；晚上又沒錢買燈油。

2 一個夏天的夜晚，車胤坐在院子裏乘涼。突然，他看見天空中飛舞着許多螢火蟲，就像無數的小燈籠在閃爍。

3 車胤靈機一動，找來紗布縫了一個口袋，然後去樹叢下抓螢火蟲。

4 不一會，口袋就裝了好幾十隻螢火蟲，牠們發出的光已經足夠照亮書本了。

5 借着口袋裏的螢火蟲發出的光，車胤終於能在晚上讀書了。

6 整整一個夏天，他每天晚上都去抓螢火蟲，裝在口袋裏，當燈用。等他學習完了，再把牠們放掉。

7 就是靠着這樣的毅力，車胤後來成了一個很有學問的人。

8 和車胤同時期，還有一個叫孫康的人，他家裏也很貧窮，沒有錢買燈油，所以天一黑，就不能讀書了。

9 到了冬天，長夜漫漫，他常常躺在牀上翻來覆去睡不着。可是四周一片漆黑，他又沒辦法看書。

10 一天夜裏，孫康突然發現從窗外透進幾絲光亮。他很驚訝，連忙開門去看，原來天降大雪，白雪映出的光十分明亮。

11 孫康高興極了，馬上穿好衣服，拿着書走到雪地裏，借着白雪映出的亮光認真地讀起書來，完全忘記了寒冷。

12 此後，每逢下大雪，他就去雪地裏孜孜（粵音之）不倦地讀書。後來，孫康終於成了一個學識淵博的人。

13 人們被車胤和孫康刻苦求學的精神所打動，把他們的故事合在一起，組成了一個成語——囊螢映雪。

朱買臣 讀書

朱買臣很喜歡讀書，但他窮困潦倒，最後連妻子也離開了他……

1 西漢時，有個叫朱買臣的窮書生。他堅信讀書能讓自己成就一番事業，所以一天到晚都捧着書埋頭苦讀。

2 可到了四十多歲，他仍然窮困潦倒。為了維持生計，他只得和妻子上山砍柴去賣。

3 不過每次去砍柴，他都把書帶在身邊，只要一停下來休息，便從懷裏掏出來看。

④ 挑柴下山時，他總是一邊走一邊大聲背誦書裏的內容，常常引來路人異樣的目光。妻子跟在他身後，覺得非常難堪。

⑤ 妻子勸他不要再做出這樣奇怪的舉動，他卻不以為然地提高了嗓門。路人見他呆頭呆腦的樣子，都忍不住偷笑。

⑥ 後來，妻子實在受不了，決定離開他。朱買臣極力挽留她，說：「我五十歲後就能大富大貴，你再忍耐幾年吧。」

⑦ 妻子不相信他，冷冷地說：「恐怕那時我已經餓死在路邊了。」說完，她就頭也不回地走了。

8 妻子離開後，朱買臣只得一個人上山砍柴，收入越來越少，生活也越來越窘迫，但他仍沒有放棄讀書。

9 有一年清明節，天下着毛毛細雨，朱買臣挑着柴從墳間走過。他還像以往一樣，大聲背誦着詩書。

10 一對正在上墳的夫妻被朱買臣的聲音吸引，扭頭向他看去。朱買臣也正好看到那名婦人，原來她正是朱買臣的前妻。

11 前妻見他衣衫襤褸、面黃肌瘦，心生憐憫，於是把祭品送給他充飢。朱買臣一點兒也不覺得難為情，坦然接受了。

12 過了幾年，朱買臣經朋友介紹當了一名差役。他隨地方官員押送物資進京彙報。在長安街頭，他遇到同鄉嚴助。

13 嚴助當時很受漢武帝的賞識。他得知朱買臣的艱難處境後，便在漢武帝面前極力推薦朱買臣。

14 很快，漢武帝召見了朱買臣。一見面，朱買臣便滔滔不絕地與漢武帝談論《春秋》、《楚辭》等典籍。

15 漢武帝被朱買臣的才華所折服，封他為中大夫。憑藉着自己的努力，朱買臣終於在五十歲時如願進入了仕途。

蘇老泉[1]，二十七。

始[2]發憤，讀書籍。

彼既[3]老，猶[4]悔遲。

爾[5]小生，宜早思。

注釋

①蘇老泉：指宋代大文豪蘇洵。

②始：開始。

③既：已經。

④猶：還。

⑤爾：你，你們。

蘇洵 大器晚成

蘇洵直到二十七歲才下決心好好讀書，他最終能成功實現自己的抱負嗎？

1 蘇洵出身於書香門第，且天資聰穎，但他對讀書完全沒興趣。年少時，他整日在外遊山玩水，過着神仙般的日子。

2 　直到二十七歲，蘇洵才幡然醒悟，決心考取功名。不過他還是顧慮，擔憂地問妻子：「我現在讀書還來得及嗎？」

3 　妻子非常高興地說：「我早就想勸你發奮苦讀了。從今以後，你就專心讀書，家裏的事務都交給我吧！」

4 　於是，妻子包攬了家中的大小事務。生活拮据（粵音結句）時，她甚至典當了自己的嫁妝，來支持丈夫讀書。

5 　蘇洵心無旁騖（粵音務）地苦讀了一年多後，信心滿滿地上京趕考，沒想到名落孫山。

6　他並不氣餒，回去以後更加努力地讀書。然而，事與願違，直到三十七歲，他仍沒有考中。

7　蘇洵明白考試並非自己所長，於是將自己多年來寫的應試文章全燒了。妻子想勸阻他，他卻說：「我要從頭開始。」

8　他繼續閉門苦讀，但目標不再是高中，而是成為學者。他還讓兒子蘇軾、蘇轍與自己一起讀書，期望培養他們成才。

9　十多年過去了，蘇洵終於學有所成，蘇軾、蘇轍寫起文章來也是妙筆生花。

10 有一年，蘇洵帶着兩個兒子進京拜謁當時的文壇領袖歐陽修。歐陽修看過蘇洵的文章後拍案叫絕。

11 蘇洵的文章被歐陽修帶到了朝堂之上，得到了眾多官員的一致肯定。自此人們爭相傳閱，甚至模仿蘇洵的文章。

12 又過了一年，蘇軾、蘇轍參考科舉考試，金榜題名。蘇氏父子的才名頓時轟動整個京城。

13 後來，蘇洵經人推薦，擔任了秘書省校書郎一職。年過半百的他，終於得以進入仕途。

瑩①八歲，能詠詩。

泌②七歲，能賦棋③。

彼穎悟，人稱奇。

爾幼學，當效④之。

注釋

①瑩：祖瑩，北齊人。
②泌：李泌，唐朝人。
③賦（粵音富）棋：下棋
④效：效仿，學習。

祖瑩偷讀

祖瑩聰明伶俐，八歲的時候就能將《詩經》和《尚書》倒背如流，有着「聖小兒」的稱號。

1 南北朝時，有一個叫祖瑩的孩子。他非常喜歡讀書，只要一拿起書就捨不得放下，常常因為看書而忘了吃飯睡覺。

2 父母心疼他，怕他沒日沒夜地讀書熬壞了身體，所以將家裏的油燈收了起來。

3 祖瑩偷偷地藏了一盞油燈，等父母睡着後，再爬起來挑燈夜讀。為了不讓家人發現，他用衣服和被子遮住窗戶和門。

4 有一次，他看書看到了後半夜，又睏又累，第二天竟然睡過了頭。

5 他匆匆忙忙地洗漱了一番，然後隨手抓起一本書就往學堂跑。

6 大半節課過去了，先生才見祖瑩氣喘吁吁地趕到。他非常生氣，嚴厲地責罵了祖瑩一頓，才讓他回到座位上去。

7 這節課先生講解的是《尚書》，祖瑩從書包裏掏書出來，才發現自己帶的書是《禮記》。

8 祖瑩急得抓耳撓腮，就在這時，他聽到先生叫他的名字，說是要他起來讀一讀書裏的內容。

9 祖瑩沒有辦法，只得硬着頭皮站起來，憑着記憶將先生要他朗讀的那部分，一字一句地背誦了出來。

10 先生沒有注意看，他聽祖瑩「讀」完，又讓他講解所讀的內容。祖瑩講得頭頭是道，先生滿意地點了點頭。

11 這時，坐在旁邊的小伙伴一眼瞥見了祖瑩桌上的那本書。他驚奇地叫了起來：「先生，先生，祖瑩拿錯書了！」

12 祖瑩撓撓頭：「我急着來，所以拿錯書了。」先生吃了一驚，這才知道祖瑩剛剛是將《尚書》一字不差背了出來。

13 祖瑩只是一個八九歲的小孩，卻有着驚人的記憶力，大家都很驚奇，紛紛稱他為「聖小兒」，也就是神童的意思。

蔡文姬[1]，能辨琴。

謝道韞[2]，能詠吟。

彼女子，且聰敏。

爾男子，當自警。

注釋

①蔡文姬：名琰，東漢文學家蔡邕（粵音翁）的女兒。

②謝道韞（粵音穩）：東晉宰相謝安的姪女。

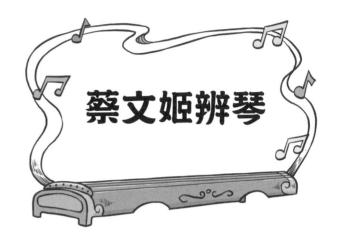

蔡文姬是東漢末年有名的才女，她不僅頗有文才，而且彈得一手好琴。

1　蔡文姬是東漢名臣蔡邕的女兒。她受父親的影響，酷愛學習，通曉音律，長到七歲已經是遠近聞名的小才女了。

2 有一次，蔡邕看書寫作直到深夜。他覺得非常疲憊，便彈起心愛的七弦琴來放鬆一下身心。

3 萬籟（粵音賴）俱寂，琴聲悠揚，彷彿整個世界都沉浸在這美妙的音樂聲中。忽然，嘣的一聲，一根琴弦斷了。

4 「父親，是不是第二根琴弦斷了？」被琴聲吵醒的蔡文姬，蹦蹦跳跳地走進了屋裏。

5 蔡邕低頭一看，果然是第二根弦斷了。他這才發現女兒的音樂天賦原來這麼高，心裏暗暗稱奇。

6 為了考考女兒，他讓她轉過身去，然後又彈了另外一首曲子。

7 彈着彈着，琴弦又嘣一下斷了。還沒等蔡邕問，蔡文姬就說：「父親，怎麼第四根弦也斷了？」蔡邕聽了又驚又喜。

8 此後，蔡邕更加用心地教導女兒學琴。蔡文姬也很努力，日夜刻苦練琴。沒過幾年，她就成了彈奏七弦琴的高手。

9 後來，蔡文姬還創作了著名的琴曲《胡笳十八拍》。直到今天，這首哀怨惆悵的曲子還受到人們的喜愛。

唐劉晏[1]，方七歲。

舉神童，作正字[2]。

彼雖幼，身已仕[3]，

爾幼學，勉而致[4]。

注釋

①劉晏：七歲時考中「神童科」。

②正字：官名。

③仕：仕途，指當官。

④致：到達，得到。

別的小孩還在玩「家家酒」的時候，劉晏就已在朝中做官了，他是怎麼做到的？

1 劉晏出身於唐朝時的一戶官宦人家。他天資聰穎，勤奮好學，七歲時就能寫詩作文，大家都把他看作神童。

2 有一年，唐玄宗為了誇耀自己的政績，率領文武大臣，從長安來到泰山舉行「封禪」儀式。

3 八歲的劉晏聽說這個消息後，洋洋灑灑地寫了一篇題目為《東封書》的頌文。

4 之後，他與家人專程從家鄉趕到泰山行宮，將這篇文章獻給了唐玄宗。

5 唐玄宗很欣賞劉晏的膽識，見他的文章行雲流水、文采飛揚，更是心生歡喜。

三字經

6 但他越看心裏越生疑：這麼小的孩子真的能寫出這樣的好文章嗎？於是，他讓當朝宰相——張說現場考考這個小孩。

7 面對張說的刁難，劉晏毫不膽怯，對答如流。在場的大臣見了無不嘖嘖稱奇。

8 唐玄宗也對劉晏讚不絕口，最後竟破例讓他當了正字官，負責校對典籍的工作。

9 劉晏十歲那年，唐玄宗在勤政樓大宴賓客，劉晏作為朝官，也在被宴請之列。

10 劉晏是正字官，玄宗便問他：「你能正幾個字？」劉晏從容不迫地答：「天下的字我都能正，除了『朋』字。」

朋

11 玄宗聽了一臉茫然，劉晏於是解釋道：「因為組成『朋』字的兩個『月』字總是歪向一邊，所以我正不了。」

12 這個回答巧妙又幽默，玄宗被逗得哈哈大笑。他心中對這個神童的敬佩之情又多了幾分，馬上重賞劉晏。

13 劉晏長大後，在朝中主持財政工作，為增加朝廷收入、改善人民生活做出了傑出貢獻。

《弟子規》

　　《弟子規》是清代一位叫李毓秀（毓，粵音沃）的秀才編寫的啟蒙教材。其內容是依據至聖先師孔子的教誨編成，列舉了為人子弟在家、出外、做人、處事和學習方面應該遵守的一些行為規範。在形式上與《三字經》相似，也是三字一句，兩句一韻。讓孩子誦讀《弟子規》，可使其知仁義，懂禮儀。

父母呼[1]，應勿緩[2]；

父母命，行勿懶[3]。

父母教，須敬[4]聽；

父母責，須順[5]承[6]。

注釋

①呼：呼喚。
②勿緩：不要遲緩。
③勿懶：不要偷懶。
④敬：恭敬。
⑤順：順從。
⑥承：接受。

伯俞泣杖

韓伯俞挨打時，從來不哭，可這一次他傷心得號啕大哭起來，這是為什麼呢？

1 漢朝時，有個叫韓伯俞的孩子。他生性善良，可是喜歡調皮搗蛋。

2 為了讓他改掉壞習性，母親對他教育很嚴格。只要他做錯了事情，母親便會用手杖揍他一頓。

3 打在兒身，痛在娘心。母親每次打他，都忍不住落淚。韓伯俞卻從來都不哭，只是低着頭，一聲不吭地乖乖挨打。

4 小伙伴問他：「你娘打你時你不痛嗎？你怎麼不哭？」韓伯俞摸摸屁股説：「痛啊，但我確實做錯了，理應受罰。」

5 在母親的教育下，韓伯俞漸漸改掉許多壞習性。他長大後成了十里八鄉人人誇讚的好青年，但母親對他還是很嚴厲。

6 有一次，母親生病了。韓伯俞心裏很着急，連忙為母親煎藥。

7 他好不容易才煎好藥，沒想到端給母親喝時，不小心將碗打翻了。

8 「哎喲，你怎麼毛手毛腳的，說了多少回都不改！」因為生病的關係，母親脾氣越發急躁，拎起手杖就朝他打去。

9 韓伯俞挨了打後立刻哇哇大哭起來。母親吃了一驚，趕緊問：「孩子，是娘打痛你了嗎？」

10 韓伯俞一邊抹着眼淚，一邊回答：「一點兒也不痛，就是不痛我才哭啊！」「不痛為什麼要哭啊？」母親追問道。

11 「娘以前打我，我覺得痛，說明您有力氣，身體健康。您今天打我，我不覺得痛，就知道您年紀大，身體不好。」

12 聽了韓伯俞的回答，母親流下了感動的淚水。她決定從此再也不打兒子了。

13 後來，「伯俞泣杖」的故事廣為流傳。人們為了紀念韓伯俞這個孝子，還專門修建了一座名為「泣杖堂」的祠堂。

事雖①小，勿擅②為；

苟③擅為，子道④虧⑤。

物雖小，勿私藏；

苟私藏，親⑥心傷。

注釋

①雖：即使。

②擅：擅自。

③苟：假如。

④子道：做子女的禮儀，即「孝道」。

⑤虧：欠缺。

⑥親：父母雙親。

張元還杏

鄰居的杏子熟了，還探進了張元家的院牆。在他家玩耍的孩子們都想打些下來吃。

1 南北朝時，有一個名叫張元的人。他六歲時，就已經懂得很多道理，是個人見人愛的小孩。

2 有一年，鄰居的杏樹大豐收，黃澄澄的杏子掛滿了枝頭，有好幾枝還探進了張元家的院牆。

3 這天，張元正和幾個小伙伴在院子裏玩耍。一個小伙伴在躲貓貓時，一抬頭就瞥見了樹上那些誘人的杏子。

4 「快看，是杏子！」小伙伴高興得又跳又叫，急忙喚同伴來看。一個心急的孩子按捺不住了，找來一根棍子，就想將杏子打下來。張元見了，急忙上前阻止。可這幫饞嘴貓哪裏肯聽呢？

5 小伙伴一連朝樹枝打了幾棍，熟透的杏子便簌簌（粵音速）地掉落在地。大家見狀都一窩蜂地衝上去，爭相搶來吃。

6 小伙伴們吃得津津有味，空氣裏還瀰漫着一股又香又甜的果味。張元也很想吃，但他只是在一旁使勁抽抽鼻子。

7 過了一會兒，張元走上前去，將地上的杏子一顆顆撿起來，用衣襟兜着。「看，張元多貪心！」一個小伙伴不滿地說。

8 張元沒有解釋，托舉着那一衣兜杏子匆匆走出了自家院子。

9 鄰居的院門虛掩着，張元走了進去。見鄰居正坐着乘涼，他便説：「伯伯，您的杏子掉我家院裏了，我來還您。」

10 鄰居見了，笑呵呵地説：「幾個杏子不值多少錢，我家也多得是，你就留着吃吧！」

11 張元卻搖頭説：「我爹説不能隨便拿別人的東西，在主人不知情下拿，就是偷竊。我以後撿到了還要來還您。」

12 説完，他將杏子小心地倒了在院子裏的石桌上，才一蹦一跳地離開了。

親所好①，力為具②；
親所惡③，謹為去④。
身有傷，貽⑤親憂；
德有傷，貽親羞⑥。

注釋

①好（粵音耗）：這裏指喜歡的事情
　或東西。
②具：準備。
③惡：這裏指厭惡，不喜歡的事情或
　東西。
④去：排除。
⑤貽：留給。
⑥羞：羞恥。

郯子鹿乳奉親

只有新鮮鹿乳才能治好郯子（郯，粵音
談）父母的眼疾。可新鮮鹿乳很難得
到，怎麼辦呢？

1. 郯子是春秋時期郯國的國君。他勤政愛民，廣施仁義，將國家治理得井井有條，百姓都很愛戴他。

2 郯子不僅治國有方，而且是一個大孝子。相傳，他的父母年老以後，眼睛不太好，後來竟然完全看不見了。

3 郯子心裏着急，請來有名的大夫為父母治病。可大夫告訴他，只有新鮮的鹿乳才能治好他父母的眼疾。

4 鹿生性怕人，不好接近，得到鹿乳絕非易事。有一天，郯子想到了一個好辦法。他帶着一張鹿皮，往深山走去。

5 經過好幾天追蹤，他終於在一片叢林裏發現了鹿羣。其中有一隻剛出生沒多久的小鹿，在母鹿身邊快樂地嬉戲着。

6 郯子見狀，立即將鹿皮披在身上，裝扮成一隻小鹿，偷偷地混進了鹿羣。

7 來到母鹿身邊後，他趁母鹿不注意，輕輕地將小鹿抱到了一邊。

8 然後，他鑽到了母鹿的身下，拿出一個陶罐，就準備擠鹿乳。

9 就在這時，一個獵人靠近了鹿羣。他看到母鹿身下那隻「小鹿」很是肥壯，就彎弓搭箭，想朝牠射去。

10 郯子抬頭一看，頓時嚇得臉色大變。他急忙跳起來，掀開鹿皮，大叫道：「不要射箭，我不是鹿！」他這一叫，嚇得鹿羣立即四散逃開了。

11 獵人吃驚地放下手裏的弓箭，走上前，詢問郯子為何偽裝成鹿。郯子便將事情的來龍去脈全告訴了他。

12 獵人被郯子的孝行所打動。恰好他前幾日捕獲了一隻母鹿，就養在家中。於是，他讓郯子跟自己回家取鹿乳。

13 郯子非常高興地來到獵人家裏，取到了鹿乳。他捧着滿滿一罐鹿乳，高高興興地回家去了。

14 一回到家，他就趕緊讓父母將鹿乳喝下去，他則焦急地在一旁等待奇跡的發生。

15 不知是因為鹿乳真的有治眼奇效，還是因為郯子的孝感動天，郯子的父母喝下鹿乳後，眼睛果真恢復了光明。

16 郯國百姓聽說郯子的孝行後，對他更加尊敬，而且個個都以他為榜樣，善待父母。從此郯國上下一片樂融融的氣氛。

范宣傷手痛哭

因為手指被劃了一道口子，范宣大哭不止。他是因為疼痛而哭的嗎？

1 晉朝時，有個叫范宣的孩子。他在學習上非常刻苦，從小就博覽羣書。

2 因為家境貧寒，他小小年紀就要幫着家裏幹農活。八歲時，他已經像個小大人一樣，能很利索地完成各種農活了。

3 一天，范宣像往常一樣在後園挖菜，一不小心，他的手指就被農具劃出一道口子。

4 他揑着流血的手指，哇哇大哭起來。這時，鄰居剛好經過，看到范宣哭得那麼傷心，還以為發生了什麼大事。

5 他衝上前來急切地問范宣出了什麼事情。范宣便將受傷的手指伸給他看。

6 鄰居捧着范宣的手指左看右看，除了看到上面有一道淺淺的傷口，並沒有發現其他異常的地方。

7 「孩子，我看這不過是皮外傷啊！你也不是個嬌氣的孩子，怎麼為這一點傷哭得這麼傷心？」鄰居哭笑不得地問他。

8 范宣抹着眼淚説：「身體髮膚受之父母，我受傷了，肯定會讓父母擔心，這不符合孝道啊！我是為了這個而哭的。」

9 鄰居聽了范宣的話，很是驚訝，忍不住誇獎他懂事孝順，還斷言他長大後必定大有作為。

10 果然，范宣後來成了遠近聞名的儒學名家，受到眾人的敬仰。他還廣收弟子，積極傳播儒學。

11 相傳，范宣的父母死後，他親自背土為父母做墳墓，還在墳墓附近結廬而居。他的孝行成為世人的美談。

親愛我，孝何難；
親憎①我，孝方賢。
親有過②，諫③使更④；
怡⑤吾色⑥，柔吾聲。
諫不入，悅⑦複諫；
號泣隨，撻⑧無怨。

注釋

①憎：討厭。　②過：過失。
③諫：規勸。　④更：更改。
⑤怡：和悅。
⑥色：臉色。
⑦悅：高興。
⑧撻：打。

卧冰求鯉

王祥的繼母病了，想要吃鮮活的鯉魚。
可天寒地凍的，王祥上哪裏找呢？

① 晉朝人王祥很小的時候就失去了母親，
只得和父親相依為命。

110

2 後來，父親又娶了一個妻子。這個繼母是個壞心腸的女人，她常常在父親面前添油加醋地說王祥的壞話。

3 時間一久，父親就聽信了繼母的話，對王祥漸漸疏遠。王祥不僅得不到父母的愛，還經常被使喚去幹各種粗重工作。

4 不過，王祥是個善良的孩子，他並沒有因此記恨父母。每次父母生病時，他都衣不解帶地在牀前侍候。

5 有一年冬天，繼母生了重病，迷迷糊糊中一直嚷着要吃新鮮的鯉魚。

6 王祥很着急，直奔自己平時釣魚的地方，卻發現那條河早就結上了厚厚的冰，而且此時天上還下着鵝毛大雪。

7 王祥急得團團轉，最後想出一個不是辦法的辦法，只見他將身上的衣服一脫，就躺了在冰冷刺骨的冰面上。

8 原來，他想用自己的體溫來融化冰面，好抓冰下的魚。北風呼呼地吹着，他冷得直打顫，渾身上下都凍得紅通通的。

9 但他沒有放棄，心裏一直祈禱着快點把冰面化開。就在這時，冰面嘩啦一聲裂開了，露出了一個冰窟窿。

10 王祥喜出望外，正準備跳到水下摸魚。沒想到，忽然從冰窟窿裏跳出來兩條活蹦亂跳的鯉魚。

11 王祥急忙將兩條鯉魚抓住，放進魚簍（粵音柳）裏，然後歡歡喜喜地回家去了。

12 他煮了一鍋美味的鯉魚湯，送到牀前給繼母喝。得知這是王祥用身子融化冰面捕來的魚，繼母感動得流下了熱淚。

13 從那以後，繼母便將王祥看作是親生兒子一般，對他很是疼愛。王祥臥冰求鯉的故事也在世間傳為佳話。

孫元覺
智救祖父

父親要將祖父扔到深山裏，機智的孫元覺是怎樣勸阻父親的呢？

1 春秋時期，有一戶姓孫的人家，家中有祖孫三代。孫子孫元覺孝順又懂事，是父親和祖父的開心果。

2 日子一天天過去，祖父漸漸地上了年紀，還常常生病，身體變得十分虛弱。孫元覺心疼祖父，每天都用心侍奉他。

3 孫元覺的父親卻對體弱多病的老人產生了嫌惡之情，對他頤指（頤，粵音兒）氣使的，還經常不給他飯吃。

4 最後，父親對老人失去了耐心，產生了拋棄他的念頭。一天，父親將老人裝到一個籮筐裏，準備將他扔到深山裏。

5 孫元覺見了，急忙上前勸阻，他跪着央求道：「祖父年事已高，您把他扔到荒郊野外，不等於要他的命嗎？」

6 可是父親對孫元覺的話無動於衷，他背起籮筐就出了門。孫元覺一邊在後面追，一邊大聲哭喊着：「父親，求求您了！帶祖父回家吧！我願意替您照顧他！」父親沒有停下腳步，祖父在籮筐裏看着這一幕，不禁淚流滿面。

7 來到山裏，父親將籮筐放了下來，孫元覺也終於追上來了。可他不再哭鬧，而是小心地將祖父從籮筐裏攙扶出來。

8 然後，他一聲不吭地背起那個空籮筐就往家的方向走。父親一把拉住他，說：「這個籮筐沒什麼用了，扔了吧！」

9 「它還能派上用場！」孫元覺認真說，「等你老了，我也要用它背你到山裏。」父親聽了頓時語塞，羞愧得滿臉通紅。

10 父親終於意識到自己的錯誤，最後恭恭敬敬地把老人背回家中。從此以後，他每天都盡心服侍老人。

親有疾，藥先嘗；

晝夜侍，不離牀。

喪^①三年，常悲咽^②；

居處變^③，酒肉絕。

喪盡禮，祭盡誠；

事^④死者，如事生。

注釋

①喪：守喪。

②咽：哭泣。

③居處變：指在為父母守喪時要與
　　妻子分開住。這是古代對
　　守孝的要求。

④事：為某些人服務。

漢文帝貴為天子，奴婢成羣，但每天處理
完政務後，他都會親自服侍生病的母親。

1 漢文帝是歷史上為人稱道的皇帝，他不
僅生活簡樸，而且為人仁孝。平日即使
再忙，他也會抽時間向薄太后問安。

弟子規

2 後來，薄太后病倒了，漢文帝非常着急，連忙請來太醫為母親醫治。

3 得知母親病情嚴重，漢文帝忐忑不安，連飯也吃不下。

4 夜裏，他好不容易處理完公務，躺在牀上休息，雖然已經非常疲憊，但一想到母親的病，他就焦慮得睡不着。

5 每天下朝，漢文帝做的第一件事情就是去探望母親。看到母親面色蒼白、形容憔悴，他就覺得自己照顧不周。

6 為了更好地照顧母親，漢文帝一有空就研究各種草藥的功效和劑量。

7 宮女熬好藥後，漢文帝總是要親口嘗一嘗，看看會不會太苦或太燙，直到藥的濃度和溫度適宜了，才端給母親喝。

8 漢文帝怕宮女不夠細心，還親自將藥一勺一勺地餵給母親。

9 漢文帝三年如一日地侍奉母親，而且毫無怨言。最後，在他的精心照顧下，薄太后的身體終於慢慢康復了。

兄 道①友 ， 弟 道②恭③ ；
兄 弟 睦 ， 孝 在 中 。
財 物 輕 ， 怨 何 生 ；
言 語 忍 ， 忿④自 泯⑤ 。

注釋

①兄道：為兄之道。
②弟道：為弟之道。
③恭：恭順，尊敬。
④忿：憤恨。
⑤泯：盡，消失。

許武分家產

許武一向對弟弟們疼愛有加，可是在分家產時，卻霸佔了許多財產，這是為什麼呢？

1 東漢時期，有個叫許武的人。他的父母很早就過世了，只留下他和兩個年紀還很小的弟弟。

2 許武對弟弟們疼愛有加，像父親一樣教導他們。白天，許武到田裏耕種時，就讓他們在一旁仔細看，學習農事。

3 到了晚上，儘管已經非常疲憊，許武也要抽空親自教他們讀書。

4 如果弟弟們不聽話，或做了錯事，許武就會到宗祠裏向祖宗請罪，懺悔自己沒有盡到兄長的職責。

5 在他的教育下，兩個弟弟成長為品行端正、學問淵博的好青年。許武也因此名聲在外，被推舉為孝廉，官運亨通。

6 可是，許武當上官後，總是一副眉頭緊鎖、心事重重的樣子。原來，他是在擔憂兩個弟弟，他們還沒有任何功名呢。

7 一天，他找來兩個弟弟商量分家產的事情。他要求將家產分成三份，肥田、大宅和體力強健的奴僕都要歸自己所有。

8 儘管這樣很不公平，兩個弟弟也有些不解，但他們還是答應了兄長的要求，因為他們一向敬重兄長，而且不愛錢財。

9 這件事傳出去後，人們都蔑視許武的行為，而紛紛稱讚他的弟弟們品行好、懂禮讓。

10 兩個弟弟因為這件事一下子美名遠播。沒過多久，他們就被鄉人推舉為孝廉，進入了仕途。

11 過了一段時間，許武突然召集宗族的親人，說有重要的事情宣布。眾人議論紛紛，以為許武又想佔弟弟們的便宜。

12 沒想到，許武竟然說：「我之前違心分家產，其實是想成就弟弟們。現在我願望已達，該將多分的家產還給他們。」

13 眾人聽到這裏，才恍然大悟，明白了他的良苦用心。兩個弟弟也握着兄長的手，感動得久久說不出話來。

路遇長，疾趨①揖②；
長無言，退恭立。
騎下馬，乘下車；
過猶③待，百步餘。

注釋

①趨：跑，疾走。
②揖（粵音泣）：古時候的拱手禮。
③猶：仍然。

宋濂求學

宋濂謙虛好學，他曾在大雪紛飛的冬天翻山越嶺拜訪名師。

1 明代時，有個叫宋濂的孩子，他從小就愛學習。可是由於家裏貧困，他實在買不起書，只得去向有藏書的人家借。

2 遇到喜歡的書，宋濂總將它們抄下來。冬天天氣冷，硯台裏的水結成冰，手指也凍得伸不直，但他還是堅持抄書。

3 成年以後，宋濂學習更加刻苦了。他得知百里外有一位學識十分淵博的前輩，便想去向那位前輩請教問題。

4 宋濂穿着單衣草鞋，背着重重的書箱出發了。寒風凜冽，大雪紛飛，宋濂艱難地翻山越嶺，從未有過放棄的念頭。

5 好不容易到了前輩住的地方，宋濂才發現向他請教的人實在太多了，都已經擠滿了前輩的屋子。

6 宋濂耐心地排隊等候，大半天過去才終於輪到他。他虛心地向前輩提出了自己的疑問。

7 沒想到前輩非常嚴厲，還大聲地斥責他。宋濂卻不覺得難為情，只是躬着身子，表情恭順地站在一旁。

8 等到前輩神色緩和些了，他才又上前請教。前輩被他的誠心所打動，仔細教給他很多學問。

9 後來，宋濂又抱着這種誠懇的態度向更多的名師求教，學到了更多的知識，最終成了明朝的大學問家。

冠①必正，紐②必結；

襪與履③，俱緊切。

置冠服，有定位；

勿亂頓④，致污穢⑤。

注釋

①冠：帽子。

②紐：紐帶，繫結用的帶子。

③履：鞋。

④頓：放置。

⑤穢：髒污。

子路正冠

子路是孔子的得意門生之一，相傳他在遭人殺害前，有一個不同尋常的舉動。

1 春秋時期，有一個叫子路的粗野武夫。他常常頭上戴着雄雞式的帽子，腰間佩着鋒利的寶劍，到處耍威風，欺負人。

2 過了些日子，子路想改變自己，便穿上儒家的長袍寬帶，拜入孔子門下。在孔子教化下，他慢慢改掉了野蠻的習性。

3 子路好學進取，性格耿直，成了孔子最喜愛的弟子之一。孔子周遊列國時，也把子路帶在身邊，讓他為自己駕車。

4 後來，衛國大夫孔悝仰慕子路的才學，請他做了自己的邑宰（邑，粵音泣）。

5 有一年，蒯聵（粵音拐繪）企圖奪取君主之位。他挾持了孔悝，想讓孔悝與他結盟。孔悝不從，便被囚於高台之上。

6 衛國國君衛出公聽說此事後，連夜奔逃了。衛國的許多大臣擔心自己會遭到迫害，也紛紛出逃。

7 當時，子路正好在國外。他聽說衛國發生了內亂，孔悝還被劫持了，非常着急，駕着馬車就趕往衛國都城。

8 他趕到城門邊上的時候，遇到了出逃的大臣高柴。高柴勸他：「國君已經出逃了，城門也關閉了，你趕緊走吧。」

9 子路聽了卻生氣地喊道：「我拿着國家的俸祿，國家有難，作為臣子怎能坐視不管呢？」高柴聽了，羞得滿臉通紅。

10 就在這時，城門打開了。原來，是有使者要進城去。子路便偷偷地跟着使者，順利進了城。

11 子路進城後，一路向人打聽孔悝的下落。得知孔悝被囚於高台，他便直奔那個地方前去營救。

12 來到高台之下，他點燃火把，高聲叫道：「你們趕緊放了孔大夫，不然我就一把火把這裏給燒了！」

13 蒯聵聽了，吃了一驚，連忙打發兩個手持長戈的侍衛，前去對付子路。

14 子路毫不膽怯，揮着長劍就迎了上去。可是這兩個侍衞訓練有素，子路很快就落了下風，連帽纓都被刺斷了。過了一會兒，子路被刺倒在地，一個侍衞手執長戈就要朝他的心口刺過來。子路見了大喝道：「慢着！」侍衞被他的吼聲震懾住，停了下來。

15 「君子就是死，也得死得像個樣子！」子路從容將帽子端正地戴到頭上，繫好帽纓，緩緩說，「行了，你們來吧！」

16 就這樣，子路被殺害了。他臨死前所表現出來的凜然大氣，永遠被世人傳頌。

年方^①少^②，勿飲酒；

飲酒醉，最為醜。

步從容，立端正；

揖深圓^③，拜恭敬。

注釋

①方：正當。

②少：年紀小。

③揖深圓：行拱手禮時，彎腰鞠躬的
　姿勢要到位。

張飛醉酒害己

有時候，酗酒（酗，粵音淤）不僅會讓人
醜態百出，還可能讓人陷入危險的境地。

1　東漢末年，屠戶張飛偶然結識了劉備和
關羽。他們三人一見如故，意氣相投，
於是在一個桃園裏結義了。

2 三兄弟同心協力，南征北戰，在諸侯紛爭之中嶄露頭角，最終建立了蜀漢政權，與曹魏、東吳形成三國鼎立之勢。

3 後來，關羽因大意輕敵，在與東吳的麥城一戰中，身中埋伏被捉，沒過多久就被孫權殺害了。

4 劉備聽到這噩耗後非常痛心，一面加緊操練軍隊，一面叫人給鎮守閬中（閬，粵音朗）的張飛送信，讓他做好出征準備。

5 自從關羽死後，張飛經常借酒消愁。而且每次喝醉酒，他總是大發脾氣，只要看誰不順眼，就用鞭子抽打誰一頓。

6 出征東吳的日子將近，張飛想讓將士們戴孝伐吳，於是命令部將范疆、張達三天內必須趕製好全軍的白旗、白甲。

7 范疆、張達覺得非常為難，向張飛請求道：「三天時間實在做不完，請將軍再寬限幾天吧！」

8 張飛一聽，怒上心頭，呵斥道：「我恨不得明天就上陣殺敵，為我二哥報仇雪恨！你們竟然敢違抗我的命令！」

9 說完，他就命人將范疆、張達綁在樹上，然後用鞭子狠狠地抽打了他們每人各五十下，把他們鞭打得渾身是血。

10 范疆、張達回到營裏後，又傷心，又憂慮，最後兩人合計，決定殺死張飛，再投靠東吳。

11 當天晚上，張飛又喝得爛醉如泥，躺在牀上呼呼大睡。范疆、張達各帶着一把短刀潛入了他的營帳內。

12 他們來到張飛的牀前，見張飛瞪着雙眼，嚇得動也不敢動。後來，他們才發現張飛是睜着眼睛睡覺的。

13 范疆壯着膽子，一刀刺向張飛的胸口。張飛大叫了一聲就斷氣了。就這樣，張飛因為醉酒而白白送了命。

勿踐閾[1]，勿跛倚[2]；

勿箕踞[3]，勿搖髀[4]。

緩揭簾，勿有聲；

寬轉彎，勿觸棱[5]。

注釋

[1] 踐閾（粵音域）：踏在門檻上。

[2] 跛倚：斜靠在某物上。

[3] 箕踞：兩腿叉開蹲着或坐着。

[4] 髀：大腿。

[5] 棱：物體的棱角。

不講禮儀險失才

漢王劉邦是個粗野之人，有一次他差點兒因為不講禮儀，而錯失了一個人才。

1　秦朝末年，統治者腐敗無能，各路起義軍蜂起。這些起義軍為了爭奪地盤，相互間征戰不斷。

2 陳留有一個叫酈食其（粵音歷二機）的人，很有謀略。許多起義軍頭領都想請他為自己出謀劃策，他卻避而不見。

3 不久，劉邦帶兵路過陳留。酈食其覺得劉邦胸懷大略，想投奔於他，就一改態度，主動去找劉邦軍中的同鄉引薦。

4 同鄉回到軍營後向劉邦說起此事。劉邦卻不屑地說：「我聽說他是個自命不凡的讀書人，倒要看看他有甚麼本事。」

5 於是，劉邦就派人去召酈食其來見他。但他一點也不把酈食其放在眼裏，根本沒有親自出來迎接這位難得的人才。

6 酈食其進門以後，劉邦也沒有起身迎接，反而傲慢地岔開兩條腿坐在牀邊，讓兩個婢女服侍自己洗腳。

7 酈食其見劉邦這樣對待自己，頓時怒氣沖沖地說：「您如果想推翻秦朝，就不應該以這種態度來接見長者！」

8 劉邦聽了，羞得滿臉通紅，急忙停止洗腳，整理好衣冠，把酈食其請到上賓的座位，還讓下人端來了美味的酒菜。

9 酈食其為劉邦分析天下形勢，並提出了許多建議。劉邦聽了，不禁喜笑顏開，把他納為部下。

事勿忙[1]，忙多錯；

勿畏[2]難，勿輕略[3]。

鬥鬧場[4]，絕勿近；

邪僻[5]事，絕勿問。

注釋

[1]忙：匆忙。

[2]畏：害怕。

[3]輕略：草率粗心。

[4]鬥鬧場：喧鬧爭鬥的場合。

[5]邪僻：不正當或不正派。

管寧割席

管寧與華歆（粵音陰）本是好友，後來卻絕交了。他們之間到底發生了什麼事呢？

① 東漢時期，有個叫管寧的著名學者。他年輕時與一個叫華歆的人關係非常要好。

2 一天，這對知心好友一起相約到菜園裏鋤地。兩人一邊勞作，一邊聊天，相處得很愉快。

3 過了一會兒，管寧鋤着鋤着，忽然從地裏翻出來一塊金子。那塊金子大概是先人埋在那裏的。

4 但管寧毫不動心，像對待磚石土塊一樣，用鋤頭將它推到了一邊，然後又繼續鋤起地來。

5 華歆在一旁見了，不由得兩眼發亮。他撿起那塊金子，摸了又摸，瞧了又瞧，很想將它放進自己的口袋裏。

6 管寧沒有說話，只是在一旁臉色凝重地看着他。華歆頓時羞得滿臉通紅，將那塊金子丟到了一邊。

7 過了幾天，管寧和華歆坐在同一張席子上讀書。管寧非常認真，華歆卻老是東張西望的。

8 忽然，從窗外傳來一陣喧鬧聲。原來是有一個大官正乘着馬車經過這裏，手下鳴鑼開道，百姓在一旁議論紛紛。

9 華歆再也坐不住了，對管寧說：「你聽，外面多熱鬧！我們去看看吧！」管寧搖搖頭，連眼睛都沒有離開書本。

10 華歆只好一個人跑去看熱鬧。他擠到了人羣的最前面，高興得又跳又叫。

11 車馬過去後，華歆回到屋裏，高興地對管寧說：「那個大官好威風！等我以後做了官，也要有這麼大的排場。」

12 管寧一聽，立刻把他們坐的席子割成兩半說：「你做事三心兩意，而且為了榮華富貴而讀書，我不想和你做朋友！」

13 從此以後，管寧果真不再和貪慕虛榮的華歆來往了。

凡出言①，信②為先；

詐③與妄④，奚⑤可焉⑥。

話說多，不如少；

惟其是，勿佞巧⑦。

注釋

①出言：說出的話。 ②信：講信用。

③詐：欺騙。 ④妄：荒誕不實。

⑤奚：怎麼。

⑥焉（粵音煙）：語氣詞，表示疑問，
　　相當於「呢」。

⑦佞（粵音擰）巧：花言巧語。

蔡磷
還亡友財

朋友寄存了一千兩白銀在蔡磷家中，沒有
立下票據。蔡磷會怎樣處理這筆錢財呢？

1　清朝時，江蘇吳縣有個叫蔡磷的商人。
他為人仗義，而且非常講信義，大家都
很敬重他。

2 有一次，他的一位朋友要出遠門，想將一千兩白銀寄存在蔡磷家裏。

3 蔡磷建議立一張票據作為日後的憑證。朋友卻說：「不必了，我相信你的為人。」說完，他就匆匆忙忙地走了。

4 可是，沒過多久，這個朋友就得重病去世了。臨終前，他忘了交代兒子去蔡磷家裏取回寄存的銀兩。

5 蔡磷聽說朋友病故，非常傷心。這時，他想起朋友寄存在他那裏的一千兩白銀，急忙讓僕人請朋友的兒子來家裏。

6 蔡磷對朋友兒子説：「你父親之前寄存了一千兩白銀在我這裏，沒有立票據，我估計他忘記告訴你。你拿回去吧。」

7 朋友的兒子很驚訝：「哪有人寄存一千兩白銀卻不立票據的？」蔡磷卻笑着説：「票據在心裏，而不是在紙上啊！」

8 可是，朋友的兒子怎麼也不肯相信蔡磷的話，堅拒不接受這一千兩白銀就告辭了。

9 蔡磷便讓僕人將白銀搬到馬車上，然後送到朋友的兒子家裏。朋友的兒子收到這些白銀時，感動得熱淚盈眶。

惟①德學②，惟才藝，
不如人，當自礪③。
若衣服，若飲食，
不如人，勿生戚④。

注釋

①惟：只有。
②德學：德行和學問。
③自礪：自我勉勵。
④戚：憂患，悲哀。

柳公權
發奮練字

柳公權是唐代有名的書法大家，相傳他是
因為一件小事而開始苦練書法的。

1 柳公權是唐代有名的書法家。相傳他從小在書法上就有天賦，大家對他寫的字讚歎不已。漸漸地，他開始驕傲起來。

2 一天，他閒來無事，用石子在自家門前的地上寫起字來。一位老人從旁邊經過，忍不住駐足觀看。

3 柳公權得意地問老人：「我的字寫得如何？」老人笑呵呵地答道：「寫得不錯，但不如城裏那個用腳寫字的人。」

4 柳公權聽了心裏不服氣。第二天一大早，他就進城去找那個用腳寫字的人。

5 柳公權剛進城，遠遠地便看見城牆下圍着一羣人，也不知道他們在看什麼。

6 他覺得好奇，擠進人羣中去看。只見一個沒有雙臂的老頭，正用一隻腳夾住毛筆在紙上寫字。

7 他的動作極其嫻熟，才一眨眼的工夫，便寫了一行蒼勁有力的大字。大家見了，都情不自禁地拍手叫好。

8 柳公權細細地看過他的字後，覺得自己的字跟他的字比的確差遠了，於是滿臉慚愧地離開了。

9 回家後他日夜苦練，不知道寫禿了多少枝毛筆。年復一年，他最終創造出別具一格的柳體，成了公認的大書法家。

范仲淹劃粥苦讀

范仲淹從不為自己貧乏的物質條件而感到自卑，他發奮苦讀，最終成就了一番事業。

1 范仲淹是宋代的政治家、文學家。在他兩歲時，父親去世了，母親帶着他改嫁到一戶姓朱的人家，給他改名為朱説。

2 二十歲那年，范仲淹勸兩個兄弟不要浪費，沒想到人家反而嘲笑他：「我們花的是朱家的錢，與你這個外姓人何干？」

3 范仲淹這才知道自己的身世。他不想寄人籬下，所以辭別母親，一個人去南京應天府求學。

4 為了能夠出人頭地，范仲淹日夜苦讀，有時他覺得實在太疲憊了，便打來冷水洗臉提神。

5 他沒有經濟來源，常常吃不飽肚子。每天晚上他都會熬一鍋粥，等它凍結成塊後，再用刀子將它劃成四塊。

6 這樣，他就可以早上吃兩塊，晚上再吃兩塊。冷粥寡淡無味，他只好就着鹹菜吃，天天如此。

7 有一個同學很同情范仲淹，特意從家裏拿來好飯好菜送給他。范仲淹非常感激，連連道謝。

8 過了幾天，這個同學又去看望范仲淹，卻發現自己送去的飯菜還原封不動地放在那裏，而且已經發霉了。

9 同學指責范仲淹辜負自己一番心意。范仲淹卻含着淚說：「我是怕吃了這些好飯菜，再也吃不下鹹菜白粥啊！」

10 後來，范仲淹憑藉着這股苦學的精神，考取了進士，還把母親接到了自己的身邊。

11 范仲淹做官後，也不忘節儉，他和家人們吃的穿的都很樸素，只有家裏來了客人才會增加兩個肉菜。

聞①過怒，聞譽樂，
損友②來，益友卻③。
聞譽恐，聞過欣，
直諒士④，漸相親。

注釋

①聞：聽說。
②損友：有害的朋友。
③卻：後退。
④直諒士：耿直、誠信的人。

弦章
直言進諫

齊景公身邊盡是些阿諛（粵音柯余）奉承之人，這些人從不敢當面指出他的過錯，他苦惱極了。

1 晏子是春秋時期齊國著名的政治家。他能言善辯，向國君提出了許多好建議，還經常當面指出國君的過失。

2 晏子先後輔佐了三任國君。他去世後，齊景公為失去這麼一位好幫手而傷感不已。

3 十多年過去了。這一天，齊景公在宮裏舉辦了一場盛大的宴會。君臣們觥籌（粵音轟囚）交錯，場面十分熱鬧。

4 酒足飯飽後，君臣們興致未減，便一起到後花園射箭比武。輪到齊景公了，只見他彎弓搭箭，朝靶子嗖嗖嗖地連射三箭。只可惜，這三箭沒有一枝中靶的。在一旁的大臣見了卻一個勁兒地鼓掌喝彩：「好箭法！好箭法！」

5 齊景公很不高興，他把弓箭往地一扔，就氣沖沖地回宮了。大臣們你看看我，我看看你，都不知該怎麼辦才好。

6 回到宮裏，齊景公向一個叫弦章的人抱怨道：「這些人平日只會溜鬚拍馬，從不敢像晏子一樣指出我的過失。」

下效 上行

7 弦章說：「有個詞叫『上行下效』。國君喜歡穿什麼，臣子就跟着穿什麼；國君喜歡吃什麼，臣子也跟着吃什麼。」

8 「是不是因為您不喜歡聽批評的話，大家才這樣奉承您呢？」弦章接着說道。齊景公聽了，這才恍然大悟。

唐太宗與魏徵

魏徵生性耿直，常常當面指出唐太宗的過失，讓他下不了台。

1 魏徵是唐太宗的諫官，他生性耿直，敢於直言進諫，而且說起話來絲毫不留情面，就連唐太宗也要怕他三分。

2 有一次唐太宗得到一隻鷂鷹。那隻鷂鷹羽毛豐盈、雄健俊逸，唐太宗對牠愛不釋手，讓牠在自己的肩膀上跳來跳去。

3 就在這時，魏徵從遠處迎面走了過來。唐太宗怕魏徵又要說教，便慌忙把鷂鷹藏了在懷裏。

4 魏徵裝作什麼也沒看見，向唐太宗行過禮後，開始彙報政事。他一件接着一件地說個不停，可把唐太宗急壞了。

5 魏徵離開後，唐太宗連忙把鷂鷹從懷裏拿出來，但牠已經被悶死了。唐太宗又惱火又心痛，卻不能治魏徵的罪。

6 過了不久，魏徵在朝堂上與唐太宗為一個問題爭得面紅耳赤。其他大臣見了，都紛紛替魏徵捏一把汗。

7 下朝後，唐太宗怒氣沖沖地回到內宮，對長孫皇后說：「總有一天，我要殺了魏徵。」

8 長孫皇后聽了，向唐太宗道賀：「恭喜陛下！魏徵敢於進諫，正因為您聖明啊！」唐太宗一聽，頓時怒氣全消了。

9 從那以後，唐太宗不僅越發敬重魏徵，還廣開言路，虛心聽取大臣們提出的各種意見。就這樣，唐朝日漸強盛起來。

10 公元643年，六十四歲的魏徵不幸病逝。唐太宗親臨弔唁（粵音吊現），痛哭失聲。

11 他感歎道：「魏徵就像一面鏡子，讓我可以知道自己的所作所為是否正確。魏徵不在了，我失去了一面好鏡子啊！」

行^①高者，名^②自高；

人所重，非貌高^③。

才^④大者，望自大；

人所服^⑤，非言大^⑥。

注釋

①行：德行。

②名：名望。

③貌高：外表漂亮。

④才：才學。

⑤服：佩服。

⑥言大：吹噓。

無鹽女
自薦

有一個相貌奇醜的女子來到了宮門前，說要嫁給齊宣王，最後她能如願以償嗎？

1 春秋時期，齊國有一個女子，相貌奇醜卻很有才華。由於她生活在無鹽，因此大家都叫她「無鹽女」。

2　無鹽女一直到了三十歲，也沒有嫁出去。一天，她跑到王宮門前，要門衛告訴齊宣王，說自己想嫁給他。

3　門衛被無鹽女纏得沒辦法了，只得如實向齊宣王稟告。當時齊宣王正宴請羣臣，大家聽到後都忍不住哈哈大笑。

4　齊宣王很好奇，於是宣見了無鹽女。儘管他已經做足了心理準備，但看到無鹽女時，還是被她醜陋的外貌嚇了一跳。

5　無鹽女見到齊宣王，也不急着向對方介紹自己，反而用一隻手拍打着胳膊，然後接連大叫了四聲：「齊國危險啊！」

齊國危險啊！

6 齊宣王很生氣，責罵道：「你生得如此醜陋，卻妄想做我的妃子，還一來到宮裏就胡說八道！來人，把她拖出去！」

7 無鹽女不慌不忙說：「大王，我說齊國危險有四個原因。第一，秦、楚對齊虎視眈眈，齊卻國庫空空，兵馬瘦弱。

8 「第二，大王大興土木，把宮殿建得富麗堂皇，還從全國各地搜刮奇珍異寶，百姓苦不堪言。

9 「第三，大王平日親近諂媚小人，導致有才德之人遠離朝廷、隱居山野，正直之人勸諫無門。

10 「第四，大王沉湎酒色，喜好靡靡之音，行為浪蕩，荒廢政事。」

11 齊宣王聽得目瞪口呆，過了半晌才長歎一聲，說：「你說得對！我讓齊國陷入了危險的境地，差點兒就成了罪人啊！」

12 齊宣王很佩服無鹽女的才識，最後他不僅娶她為妻，還封她為王后。

13 後來，齊宣王聽從無鹽女的建議，開始改革內政。首先，他從各地挑選兵馬，訓練軍隊。

14 然後，他撤去了宮中那些華麗的飾物，還讓宮中的妃嬪換上了樸素的衣物。

15 接著，他命令大開宮門，招納直言敢諫之士，就算是那些無名之輩提出的意見，他也虛心聽取。

16 最後，他遣散了宮中的樂工，不再過行樂生活，每日只專注於政事。

17 就這樣，齊國上下煥然一新。無鹽女雖然相貌醜陋，但她用自己的才學為國家創造了穩定和繁榮的局面。

善相勸，德皆建；

過不規^①，道兩虧。

凡^②取與^③，貴^④分曉^⑤；

與宜多，取宜少。

注釋

①規：規勸。

②凡：凡是。

③與：給予。

④貴：最重要、必定要

⑤分曉：明白，分清楚。

瘦羊博士

東漢時，有個人得了「瘦羊博士」的雅號。關於這個雅號的由來，有這樣一個故事。

① 東漢時期，有個叫甄宇的人。他在太學裏擔任教書的博士。

2 有一年十二月，光武帝下詔賜給博士們每人一隻羊，讓太學的長官分派下去。但長官才發現羊的大小相差很大。

3 長官很為難，只得找來博士們一起商量公平分羊的辦法。

4 有人提議說，將所有的羊都宰殺掉，然後再平分羊肉。

5 有人提議說，可以採用投壺的辦法，按照輸贏的次序來挑選羊。

6 大家討論了大半天，也沒有商量出一個好辦法來。這時，甄宇說：「不用爭了，我先挑！」大家都滿臉鄙夷地看着他。

7 甄宇沒說什麼，徑直走向了羊羣中最小最瘦的那隻羊，然後牽着牠就離開了。

8 大家這才反應過來，他們都覺得很慚愧，也不再計較羊的大小肥瘦了，各自隨手牽上一隻羊就回去了。

9 這件事傳開來以後，洛陽城裏的人都敬佩甄宇的謙讓精神，還給他起了個「瘦羊博士」的雅號。

將加人，先問己；

己不欲①，即速已②。

恩③欲報，怨④欲忘；

報怨短，報恩長。

注釋

①己不欲：自己不喜歡、不想要的事情。

②已：停止。

③恩：恩情

④怨：怨恨。

楚瓜梁灌

梁國士兵辛苦種植的瓜田慘遭破壞，他們會如何對待破壞者呢？

1 古時候，梁國與楚國相鄰，兩國長期交惡，戰爭不斷。兩國在交界的地方分別設置了哨所，時刻提防對方入侵。

2 有一年，梁國士兵心血來潮，在梁國哨所附近種起了瓜。他們每天辛勤澆灌瓜田，瓜苗長得苗壯，結出很多小瓜。

3 楚國士兵也跟風種瓜，但他們太懶惰了，自瓜苗長出來後，就沒怎麼打理過。瓜苗蔫蔫（粵音煙）的。

4 梁國瓜田裏的瓜慢慢成熟了，一個個水靈靈的，十分惹人喜愛。楚國瓜田裏卻連一個花蕾都沒有。

5 楚國士兵的美慕之情漸漸變成了嫉恨。一天夜裏，他們偷偷地跑到梁國的瓜田裏又扯又砸，把好好的瓜田給毀了。

弟子規

6 第二天，梁國士兵來到瓜田後，發現瓜苗全都被連根拔起，瓜也被砸得稀巴爛，頓時氣得火冒三丈。

7 他們猜到這一切都是楚國士兵所為，便派人去向縣令宋就請示，說：「楚國人欺人太甚，我們請求今晚前去報復。」

8 宋就聽了搖頭說：「冤冤相報何時了？傳令下去，從今晚開始士兵們輪流去楚國瓜田澆水，而且不要讓對方發現。」

9 梁國士兵都很不解，但也只能聽令。從那以後，梁國士兵每天夜裏都偷偷地潛入楚國的瓜田裏，為他們澆灌瓜苗。

168

10 楚國士兵每天去瓜田巡視時，都發現瓜苗被澆過水了，而且瓜的生長狀況一天比一天好起來。

11 他們覺得奇怪，便派人夜裏埋伏在附近偷偷觀察，這才發現是梁國士兵在幫他們照料瓜田。

12 楚國士兵覺得很慚愧，將這件事報告給縣令和楚王。

13 楚王得知此事後，大受感動，於是以重禮向梁王表示感謝，並請求與梁國交好。從此，兩國就成了友好的鄰國。

待婢僕，身貴①端②；
雖貴端，慈而寬。
勢③服④人，心不然⑤；
理服人，方無言⑥。

注釋

①貴：重視，崇尚。
②端：直，正。
③勢：權勢。
④服：令人臣服。
⑤然：同意，服氣。
⑥言：言語，這裏指怨言。

曹沖妙計救僕人

曹沖是曹操的兒子，雖然他十二歲就病逝了，但在民間流傳着許多關於他的故事。

1 曹操的兒子曹沖從小就聰明伶俐，而且富有同情心，所以大家都很喜歡他。

2 有一次，曹沖路過家中的庫房時，看到一個僕人正在那裏偷偷地抹眼淚。

3 他好奇地上前問僕人發生了什麼。僕人拿出一個損壞的馬鞍說：「小人失職，讓丞相心愛的馬鞍給老鼠咬壞了。」

4 「丞相怪罪下來，小人必死無疑。不如公子為我綁上雙手，讓我去請罪！」僕人激動地跪下，手裏拿着繩子乞求。

5 曹沖連忙將他扶起來，說：「別着急，我有辦法解決此事。明天早上，你等我向父親請安後，再去自首吧！」

6 當晚，曹沖用刀子在自己的長袍上戳了幾個小洞，看上去就像被老鼠咬壞的一樣。

7 第二天，他穿上那衣服去見曹操，還滿臉憂愁地說：「父親，我的衣服被老鼠咬壞了，我聽說這是不祥預兆啊！」

8 曹操聽了，哈哈大笑道：「這種迷信的說法你也信？衣服壞了，換一件就是，不要胡思亂想，愁壞了身子！」

9 過了一會兒，看管庫房的僕人進來了。他一進門，就撲通一聲跪了下來，聲音顫抖地說：「小人，小人……」

10 「什麼事啊？快說吧！」曹操不耐煩地說。僕人雙手高舉着那個損壞的馬鞍說：「小人該死，讓丞相的馬鞍給老鼠咬壞了。」「豈有此理！」曹操氣得跳了起來說，「那可是我最心愛的馬鞍！」僕人嚇得渾身發抖，頭上直冒汗。

11 「父親，衣服在人身邊，都會被老鼠咬壞，何況是掛在庫房裏的馬鞍呢？您就饒了他吧！」曹沖在一旁請求道。

12 曹操聽後，歎了一口氣，就大手一揮，打發僕人離開了。就這樣，曹沖憑藉聰明才智救下了一個僕人。

能親①仁，無限好；

德日②進③，過日少。

不親仁，無限害；

小人④進⑤，百事壞。

注釋

①親：親近。

②日：每天。

③進：長進。

④小人：指品行不好的人。

⑤進：趁虛進入。

齊桓公之死

齊桓公是春秋五霸之一，他勵精圖治，縱橫天下，可是到了晚年卻糊塗起來。

1 春秋時期，齊桓公在管仲的輔助下，對齊國進行全面改革。經過幾十年的苦心經營，齊國成為當時最有實力的國家。

② 可是，後來，齊桓公身邊出現了三個寵臣——易牙、開方和豎刁。這三個寵臣令齊桓公多年的努力毀於一旦。

③ 三個寵臣為接近齊桓公都頗費心思。易牙是宮裏的廚師，做菜手藝了得。齊桓公每次吃他做的菜，都讚不絕口。

④ 有一次，齊桓公一邊品嘗易牙做的菜，一邊感歎道：「托你的福啊，這世間的美味我都嘗遍了，就差沒吃過人肉了。」

⑤ 這本來只是一句玩笑話，易牙卻將它記在心裏，並且滿足了齊桓公的願望。從此，他更受齊桓公的寵信了。

6 開方原本是衛國的公子，因齊國強盛，他放棄了自己在衛國的儲君之位，千里迢迢地來到齊國服侍齊桓公。

7 開方來到齊國後，十五年都沒有回過一次家，甚至父親去世了也沒回去奔喪。齊桓公大受感動，對他也深信不疑。

8 豎刁是貴族出身，為了能時刻跟在齊桓公的身邊，他主動要求做了宦官（宦，粵音患）。

9 他注意齊桓公的一舉一動，沒過多久就摸清了他的喜好。之後無論做什麼他都投其所好，所以很得齊桓公的歡心。

10 管仲看穿了這三個人的壞心思，多次勸齊桓公遠離他們。直到臨終前，他都萬般叮囑齊桓公，務必將他們趕出宮去。

11 這回齊桓公終於將管仲的話聽了進去。管仲死後沒多久，他就撤掉了易牙、開方和豎刁的官職，將他們趕出了宮。

12 就這樣平靜地過了幾年，齊桓公覺得那三個寵臣不在自己身邊，真是太無聊了，便又召他們入宮。

13 這三個寵臣回宮後，用不同方法逗齊桓公開心。齊桓公整日只顧着吃喝玩樂，把國家大事都丟到了一邊。

14 過些日子，齊桓公忽然病倒了。這三個寵臣沒有了約束，越發狂妄起來。他們控制政權，還假傳王命做壞事。

15 齊桓公的病情越來越嚴重，他們不但不理不睬，還命人堵住宮門，不讓任何人進去探望。

16 後來，他們乾脆連飯都不給齊桓公吃。沒過多久，叱吒一時的齊桓公就被活生生餓死了。

17 齊桓公死後，國家發生內亂，導致齊國的霸業開始衰落，中原霸主的權力逐漸轉移到了晉國。

不力行^①，但^②學文，
長^③浮華，成何人。
但力行，不學文，
任^④己見，昧^⑤理真^⑥。

注釋

①力行：親身實踐。

②但：僅僅。

③長（粵音掌）：增長。

④任：憑着。

⑤昧（粵音妹）：昏暗。這裏指不明白道理。

⑥理真：真理。

劉羽沖死讀書

清代文學家紀昀（粵音雲）的《閱微草堂筆記》裏，記述了一個叫劉羽沖的人死讀書的故事。

1 從前，有個叫劉羽沖的人，他十分迷信古書裏的學問。有一次，他得到了一部古代兵書，愛不釋手，日夜苦讀。

2 他在家裏讀了這部書一年後，就到處向人吹噓自己可以統率十萬兵馬，上戰場衝鋒殺敵。

3 當時縣城裏常有強盜出沒，很多百姓慘遭勒索搶劫，過着擔驚受怕的日子。

4 地方官員聽說劉羽沖有這樣的領兵才能後，立即把他找來，讓他訓練鄉兵。

5 沒想到，劉羽沖訓練的那支軍隊剛與強盜交鋒，就被打得抱頭鼠竄，連他自己也差點兒被強盜擄去。

6 後來，他得到了一部古代研究水利工程的書，又在家裏苦讀了一年。

7 這回他讀完書後，四處向人誇口自己能夠讓千里田野變成沃土，還畫了一幅水利工程圖去游說知州。

大正明光

8 知州聽了，覺得劉羽沖的主意不錯，也沒有仔細考察，立刻就讓他去一個村子裏試驗一下。

9 劉羽沖來到江邊，不看水勢，不問往年的降雨情況，不聽當地農民的意見，就叫人按照他的水利工程圖開挖溝渠。

10 誰知，溝渠才挖好沒多久，洪水就來了。水順着溝渠灌進去，淹沒了田地，淹沒了村莊。許多百姓因此丟了性命，失了家園。

11 事後，劉羽沖百思不得其解，每天都在庭院裏走來走去，一邊走一邊自言自語道：「難道古人是在欺騙我嗎？」

12 沒過多久，他就抑鬱而終了。臨死前，他還在不斷地唸叨着這句話。

讀書法，有三到：

心眼口，信①皆②要。

方讀此，勿慕③彼；

此未終，彼勿起④。

注釋

①信：確實。

②皆：全，都。

③慕：思慕，想着。

④起：開頭。

七錄書齋

張溥是明朝著名的文學家，在讀書方面，他有一套獨特的方法。

1　張溥出身於一個官宦家庭，但他的母親只是個卑微的婢女。為了讓他出人頭地，母親對他要求很嚴格。

2 張浦也很爭氣，從小他就愛學習，在學堂裏總是全神貫注，生怕錯過先生講的任何一句話。

3 放學後，他也刻苦讀書，而且還想出了一個特別的讀書方法。每讀一本書，他都會認真地將書上的內容抄寫下來。

4 他一邊抄，一邊默讀，等抄完了，又將抄寫的內容高聲朗讀一遍。

5 但那本抄錄本不會被保存下來，因為張浦讀完裏面的內容後，就會將它燒掉。

6 接着，他開始抄寫第二遍，朗讀完又把抄錄本燒掉。就這樣，如此反覆七次，他便可以把那本書背得滾瓜爛熟了。

7 由於長年抄寫，他的手指長出了繭。每逢冬天，手上長繭的地方就會凍得裂開，張浦便用熱水泡一會，再繼續抄書。

8 他把這種讀書方法稱為「七錄」，還給自己的書房取名為「七錄書齋」。

9 憑藉着這種苦讀精神，他積累了淵博的知識，後來成為當時著名的文學家。

寬為限，緊用功；

工夫到，滯塞①通。

心有疑，隨②札記③；

就④人問，求確義。

注釋

①滯塞：這裏指讀書時遇到的難題。

②隨：隨時。

③札記：分條記錄、作為參考的文字。

④就：接近。

陶弘景刨根問底

陶弘景是南北朝時期的醫藥學家，他治學態度嚴謹，凡事總愛刨根問底。

1 在《詩經》中，記載了一種叫做蜾蠃的昆蟲，牠們只有雄性，無法繁殖後代，因此會偷螟蛉的幼蟲做自己的孩子。

2 回到窩裏後，螺蠃只要對着螟蛉幼蟲一個勁兒地唸：「快變成我，快變成我！」螟蛉幼蟲就會變身為螺蠃。

3 一直以來大家都對這説法深信不疑。但南北朝時，一個叫陶弘景的人讀了《詩經》後，對這種説法產生了懷疑。

4 他查閱了很多書籍試圖印證這種説法，但發現這些書都是人云亦云。

5 後來，他又去拜訪了許多有學問的人，一起探討這個問題，但還是沒能得到一個確切的答案。

6 最後，他決定親自觀察，找出答案。他四處尋找，終於在一片小樹林裏發現了螺蠃的窩。

7 經過多天的細緻觀察，他發現螺蠃成雙成對，有雄也有雌。雌蟲在窩內產下卵後，就會外出尋找螟蛉幼蟲。

8 螺蠃孵化後就以被抓回來的螟蛉為食。而人們只看到螺蠃抓螟蛉，所以才以訛傳訛，產生螺蠃以螟蛉為子的說法。

9 陶弘景親自觀察後得到了真相。後來，他也以這種科學態度對中藥學進行研究，寫成了《本草經集注》一書。

房室清^①，牆壁淨^②；

几案^③潔，筆硯正。

墨磨偏，心不端^④；

字不敬^⑤，心先病^⑥。

注釋

①清：這裏指安靜。
②淨：乾淨。
③几案：桌子。
④端：端正。
⑤敬：恭敬，整齊。
⑥病：指心情不平靜。

陳蕃掃屋

立志成才的陳蕃只顧着埋頭苦讀，從不料理家務，他住的地方亂糟糟的。

1　東漢時期，朝廷腐敗，宦官專權。有一個叫陳蕃的孩子，日夜勤學苦讀，希望能入朝為官，扭轉乾坤（粵音虔昆）。

2 他一直忙着讀書，沒有想到去料理家務。沒幾年，他住的院子裏就長滿了雜草。

3 他的屋子裏也是一片亂糟糟的，桌椅上布滿了灰塵，上面還胡亂堆放着許多書籍，各種日常用品丟得到處都是。

4 一天，父親的朋友薛勤前來探望陳蕃。他一走進院子就被眼前景象驚呆了。

5 走進屋子後，看到裏面也是一片狼藉，他忍不住提醒陳蕃：「小伙子，你怎麼不收拾家裏啊？這都快沒處下腳了。」

⑥ 陳蕃卻不以為然，挺了挺胸脯，滿臉驕傲地說：「大丈夫處世，當以掃除天下為己任，何必掃一屋？」

⑦ 薛勤反問道：「大丈夫一屋不掃，何以掃天下？」陳蕃被問得頓時啞口無言，臉也漲得通紅。

⑧ 意識到自己的錯誤後，陳蕃馬上開始動手打掃自己住的地方，並熱情地招待客人。

⑨ 從此以後，陳蕃每日早起，將院落和屋子收拾得乾乾淨淨後再讀書。後來，陳蕃如願入朝為官，成了當時的名臣。

孩子愛讀的漫畫中國經典

三字經・弟子規

作　　者：幼獅文化

繪　　圖：磁力波卡通、魔法獅工作室

責任編輯：黃楚雨

美術設計：張思婷

出　　版：園丁文化

　　　　　香港英皇道 499 號北角工業大廈 18 樓

　　　　　電話：(852) 2138 7998

　　　　　傳真：(852) 2597 4003

　　　　　電郵：info@dreamupbooks.com.hk

發　　行：香港聯合書刊物流有限公司

　　　　　香港荃灣德士古道 220-248 號荃灣工業中心 16 樓

　　　　　電話：(852) 2150 2100

　　　　　傳真：(852) 2407 3062

　　　　　電郵：info@suplogistics.com.hk

印　　刷：中華商務彩色印刷有限公司

　　　　　香港新界大埔汀麗路 36 號

版　　次：二〇二三年四月初版

ISBN: 978-988-76896-1-4

Traditional Chinese Edition © 2023 Dream Up Books

18/F, North Point Industrial Building, 499 King's Road, Hong Kong

Published in Hong Kong SAR, China

Printed in China